ベリーズ文庫

クールな御曹司の溺愛は初恋妻限定
～愛が溢れたのは君のせい～

滝井みらん

STARTS
スターツ出版株式会社

目次

クールな御曹司の溺愛は初恋妻限定～愛が溢れたのは君のせい～

クールな御曹司の溺愛は初恋妻限定
～愛が溢れたのは君のせい～

私の婚約者

「それ、なんの本？」

親に連れていかれたある野点《のだて》の会で、八歳くらいの綺麗《きれい》な茶髪の男の子が分厚い本を黙々と読んでいる。大人のようにスーツをスマートに着こなしていて、まだ子供なのに上品さを感じさせた。

六歳の私にとって野点というのは、苦いお茶を飲むだけのただただ退屈な集まり。大人ばかりでつまらないと思っていたところ、庭園の端の長椅子に座っている彼を見つけたのだ。

ようやく同じ子供に出会えたのが嬉《うれ》しくて話しかけると、男の子は本を見つめたままボソッと答える。

「車のエンジンについて書かれた本」

本を見たけれど、文字がいっぱいだし、難解な図があって、なにが書いてあるのかさっぱりわからない。

「ふーん、漢字もいっぱいあって難しそうだね。将来は車を作る人になるの？」

興味津々で尋ねたら、彼は顔を上げて私に目を向けた。

「世界一の自動車会社の社長になる。君の夢は？」

彼とバッチリ目が合い、そのキラキラした瞳の虜《とりこ》になる私。
カ、カッコいい。目鼻立ちが整っていて、王子さまって雰囲気だ。
あまりに綺麗な子で、すぐに声が出なかった。

「お、お嫁さ……ううん、応援する人になる」

常々親には将来の夢はかわいいお嫁さんと言っていたけれど、彼を見てあっさりチェンジする。

王子さまみたいな彼が夢を実現するのを見てみたい。

穏やかな春の日差しが降り注ぐこの日、私はこの少年にひと目惚《ぼ》れした。

「え？　なにを？」

怪訝《けげん》な顔をされたので、動揺しながらも言い直す。

「あの……その……頑張る人を」

「そう。よくわからないけど、まあ頑張って」

あまり興味なさそうに返されたけれど、その大人っぽいクールな眼差しにドキッとした。とどめとばかりにズキュンとハートを射抜かれ、うっとりと彼を見つめる。

「ね、ねえ……私は神崎美雪《かんざきみゆき》。あなたは名前なんて言うの？」

思い切って名前を聞いたら、彼はまた本に視線を戻しながら答える。

「有栖川蒼《ありすがわそう》」

「す、素敵な名前だね」

つっかえつつも笑顔を作って褒めると、濃紺の着物を着たおじいちゃんがやってきて、私の頭をよしよしと撫《な》でた。

「こんにちは。お嬢ちゃんは、かわいいね。蒼のお友達かな？」

「いえ……私は……さっき初めて会ったばかりで」

どこのおじいちゃんだろう？

じっとおいじちゃんを見つめていたら、父が息せき切ってやってきた。

「美雪〜、勝手にいなくなっちゃダメだろ？」

「ごめんなさい」

父に注意され、しゅんとして謝っていると、おじいちゃんが興味深げに目を光らせた。

「ほお、この子は神崎くんのお嬢さんかね？」

「はい。美雪と言います。会長、うちの娘がご迷惑をおかけしてすみません」

父が恐縮した様子でおじいちゃんに謝る。

会長？　それってお父さんの会社の偉い人？

「とんでもない。孫と遊んでくれてたんだ。ねえ、美雪ちゃん、蒼の嫁にならないか？」

おじいちゃんにとんでもない提案をされ、目をパチクリさせる。

わ、わ、私が……蒼くんのお嫁さん～！

あまりに衝撃が強すぎて返事もできず、その場でしばらく固まっていた。


それから時が流れて二十年後――。

「明日は朝九時から打ち合わせが入りました。その他は予定に変更はないです。まだ雪が降っているので、足元に気をつけてくださいね」

スケジュール帳を見ながら、これから出先に向かう高野《たかの》部長に報告する。

十二月初旬。今日は朝から雪が降っていて、今年一番の寒さだ。

「ああ、気をつけるよ。この書類、所長に渡しておいて」

部長に書類を渡され、コクッと頷《うなず》いた。

「わかりました」

私は神崎美雪、二十六歳。

身長は百六十センチ、ストレートの長い黒髪をハーフアップにし、化粧は控え目。

日本最大の自動車メーカー『ARS《エーアールエス》』の研究所で、電子システム開発部部長の秘書をしている。

本社は丸の内《まるのうち》だが、研究所は三鷹《みたか》にあって、現在会社の寮でひとり暮らし。

彼氏はいないけれど、私には婚約者がいる。それは——父の会社の御曹司である有栖川蒼さん。

婚約者がいるというと普通はどこかの令嬢かと思われるけど、私は一般家庭の子供。

二十年前、父の会社主催のお茶会で会長に気に入られ、私は六歳にして有栖川さんの婚約者になった。

それ以後、私の生活は大きく変化。二歳年上の婚約者が通うカトリック系の有名私立に転校させられた。幼稚舎から大学までである一貫校で、年の離れた彼のそばにいたくて彼が所属していたバスケ部に入部し、中学から大学までマネージャーとして陰ながら彼をサポートした。

さぞかし婚約者との仲もいいのだろう……と皆思うかもしれないが、全然仲はよくない。いいや、その言い方も当てはまらないだろう。

手を繋《つな》ぐどころか、部活や家族のことで用事がある時以外、言葉を交わしたこともあまりないのだから。

『週末、うちでパーティーをやるらしいから、神崎さんの家族に伝えておいて』

彼に声をかけられて、ただ返事をするだけ。

『あっ、はい』

プライベートで会っても、彼を意識するあまり緊張で話なんてできなかった。出会った時、私から声をかけたのは、あの場に子供が彼しかいなかったから。有栖川さんが大企業の御曹司でなければ、今頃もっと打ち解けて話せていただろう。

婚約の話を断れればいいのだけれど、ＡＲＳに勤務している父が社長や会長に『破談にしてください』なんて言えるわけがない。

いや、そもそも会長の戯言《ざれごと》と思って本気にしていなかったのだ。会長はたまに突飛な発言をすることで有名だったそうで、父も社長もお茶会の場でのジョークと解釈していた。転校の話が出た時もまたいつもの会長の気まぐれと思っていたらしい。

でも、最終的には私が父に『蒼くんと同じ学校に行きたい』とお願いして、転校が決まった。それでも父はそのうち会長は私のことを忘れ、どこかのご令嬢を有栖川さんの婚約者に据えるだろうと考えていたそうだ。

ちなみに父は現在本社の専務をしている。会長の話ではコネによる出世ではなく、人望があって今のポジションにいるらしい。

有栖川さんの方から破談にしてくれたらと思うが、彼は自分の結婚に興味がないようで、一向にそんな話が出てこない。それか、彼も父と同様に婚約話を本気にはしていないのかもしれない。

だから、庶民の私は御曹司である有栖川さんの婚約者だと周囲に思われないよう、学校ではバスケ部の後輩として接していた。私が彼の婚約者として分不相応なのはわかっていたから。

有栖川家にも父を通じて、私が婚約者だと公表しないようお願いしていたし、有栖川さんも私を特別扱いすることはなく、ただのマネージャーとして見ていたように思う。

有栖川さんは眉目秀麗《びもくしゅうれい》で文武両道、いつだって学校のスーパースターだった。全国模試では常にトップクラスの成績で、キャプテンを務めていたバスケ部はインターハイで三度優勝。当然、有栖川さんを好きな女の子はたくさんいて、バレンタインには彼に告白するために行列ができたほど。

そんなモテモテの有栖川さんの婚約者だって胸を張って言えるわけがない。私は彼のように学校で一番の天才でもなければ、誰もが振り返るような美人でもないのだ。

六歳の時にひと目惚れしてから、ずっと有栖川さんだけを見てきた。彼は寡黙《かもく》なタイプで、騒がれるのは好きではないらしく、女性に対して素っ気ない。いや、むしろ近づくなオーラを放っていた。でも、誰かが困っていたり、ピンチの時には必ず助けてくれる。

そう。彼は一見クールで人を寄せつけない雰囲気を身に纏《まと》っているけれど、優しい人なのだ。私が素行の悪い生徒に絡まれていた時も助けてくれたし、急な雨で困っていた時だって、『俺は迎えが来るから』と言って折りたたみ傘を貸してくれた。

有栖川さんに相応《ふさわ》しい婚約者になるために努力してきたけれど、私の理想にはほど遠く、陰ながら彼を見守るだけ。

この研究所で働いているのも、将来社長になる有栖川さんの役に立ちたいからだ。でも、そんなことは、彼は知らなくていい。

有栖川さんは今、ARSのアメリカ支社でセールス部門のマネージャーをしている。

彼のおじいさまには『あと数年して蒼が帰国したら結婚式を』と言われているけど、多分実現なんてしないだろう。彼がアメリカに行って四年が経《た》ったし、このまま婚約の話は自然消滅するような気がする。

なんせこの結婚は彼のおじいさまが一方的に決めたもの。正式に結納を交わしたわけでもない。口約束だけ。だから、うちの親もいまだに半信半疑なのだ。

有栖川さんは毎年クリスマスに【メリークリスマス。素敵な時間を過ごしてください】と写真付きのメッセージをくれるが、それは婚約者としての義理のようなもので、そこに甘い言葉は一切ない。

ちなみに去年はなにかのパーティーに出ている様子を写した写真で、数人に囲まれシャンパンを飲んでいる彼はカメラ目線ではなかった。恐らく、彼のアシスタントが用意した写真なのだろう。

大学まで有栖川さんは特定の彼女を作らなかったようだけど、アメリカで素敵な出会いがあって、今はお付き合いしている女性がいるかもしれない。それでいいと思う。私には彼を陰で応援するのが性《しょう》に合っている。だって、私は彼の見守り隊だもの。

本当に有栖川さんの奥さんになれたらって思わなくはないが、元モデルの彼のお母さまのように華のない自分が、大企業のトップを支えられるわけがない。努力でどうかなるものではなく、持って生まれたものが違う。

そんな私が有栖川さんと結婚しても、緊張でまともに話をすることもできず、円満な結婚生活など送れないだろう。だから有栖川さんが他の人と結婚したって、彼が幸せならそれで満足なのだ。

「神崎さーん、来週の月曜、部長に実験を見てもらいたいんですけど、どっかで時間取れませんか？」

長身で細身、黒髪のセンター分け。韓流スターのような整った風貌をした彼は、うちの研究員の田辺哲也《たなべてつや》。私よりひとつ下の後輩で、性格は温厚。優しい子で、弟みたいにかわいがっている。

「月曜？　定時後でもいい？」

スケジュール帳を見ながら答えると、彼がニコッと頷いた。

「いいですよ」

「じゃあ、六時半でどう？」

「オッケーです。そういえば、本社の奴が言ってたんですけど、今日うちの御曹司が来たみたいですよ。本社の女性社員が大騒ぎしていたようで……」

御曹司って……有栖川さんが日本に戻ってきた？

田辺くんの言葉を聞いた驚きでなにも言葉を返せずにいると、ポケットの中のスマホがブルブルと震えた。

「あっ、ちょっとごめん」

スマホを出して画面を見たら、有栖川さんと表示されている。この表示を見るのは四年ぶりだったからすぐに反応できず、しばし画面を見つめていた。

なにかの間違い？　彼がスマホの操作を誤って私の番号を押しちゃったとか？

でも、念のため出てみる？

ためらっていたら、電話の着信が切れ、思わず「あっ……」と声をあげた。

考えてないですぐに出ればよかった。なにか用事があったのかな？

後悔しながらスマホを見つめていたら、田辺くんの声がしてハッとした。

「電話ですか？」

「うん。でも、切れちゃった」

スマホをポケットにしまいながら苦笑いする私に、田辺くんが優しく言う。

「大事な用ならまたかけてきますよ。ところで、神崎さんはうちの御曹司知ってます？」

「うん。知ってるよ」

一応婚約者だから。

笑顔で答えると、彼は女の子が食いつくようなワードを口にする。

「噂《うわさ》ではすごい美形らしいですよ」

それもよく知っている。

「そうなんだ。田辺くんもカッコいいよ。他の部の秘書さんに人気で、彼女いるのかなってみんな噂してる」

平静を装って当たり障りのない言葉を返しながらも、頭の中では有栖川さんのことを考えていた。

「なんか秘書さんたちに噂されるって怖いですね。……ところで今日の夜、井村《いむら》たちとしゃぶしゃぶ食べに行くんですけど、神崎さんも一緒にどうですか？　金曜で明日休みですし」

「え？　今夜？　どうしようかな……ん？」

返事をしようとしたその時、急に周囲が騒がしくなった。

社長が来た時みたいにざわざわしている。

なにがあったんだろうと見てみると、うちの所長が背の高い男性と共に現れた。

この研究所の社員じゃない。

周りの目をやたらと引く男性は……あ、有栖川さん⁉

嘘《うそ》……。これって夢じゃなくて本物？

幻を見ているような気がして、瞬きもせずに有栖川さんを見つめる。

現在二十八歳の彼。会うのは四年ぶりだけど、私の記憶の中の姿よりもさらに美形で、言葉が出てこなかった。

百八十五センチの長身に、毛先がカールしたライトブラウンの髪。端整な顔立ちをしていて、その琥珀《こはく》色の美しい瞳は世の女性たちを虜にする。どこぞの王子さまのような容姿で、オーラがすごい。

本当に……本当に帰ってきたんだ。

「あっ、神崎さん、ここにいてよかった。アメリカ支社の有栖川さんが……!?」

慌てた様子で話しだす所長を「時間がない。一緒に来て」と有栖川さんが遮った。そして、私の腕を掴《つか》んで、なんの説明もなくスタスタと歩き出す。

「へ？」

周囲にいる人たちが呆気《あっけ》に取られた様子で見ていたが、一番驚いているのは私だ。わけがわからぬまま正面玄関に連れていかれると、運転手付きの黒塗りの車が停まっていた。

「乗って」

背中を押されて、彼と後部座席に座る。

「シートベルト」

有栖川さんに声をかけられ、シートベルトを装着しようとするが、動揺していてうまくいかない。

「あっ、はい。あれ？　あれ？」

ひとりあたふたしていたら、有栖川さんの手が伸びてきて「ほら、これでいい」とはめてくれた。

「ありがとうございます。あの……帰国したんですね？　どうして急に？」

「じいさんが心臓発作で倒れたんだ」

有栖川さんの言葉を聞いて、ショックを受けた。

「う……そ」

有栖川さんのおじいさまは、まだ会長として精力的に仕事をされている。私が就職してからは年に数回しかお会いしていないけど、数日前もテレビのニュースで拝見したばかりだ。

車はいつの間にか動き出していて、警備員に見送られ、研究所を後にする。

「まだ家族と一部の役員しか知らないが、三日前に倒れて、今危篤《きとく》状態らしい」

淡々と告げる彼は、感情を抑えているように見えた。

「……そんな。お元気そうだったのに。助かりますよね？」

彼のおじいさまは、仕事ではとても厳しい方らしいけど、私にはすごく優しくて実の祖父のように思っている。

「わからない……」

ポツリと呟《つぶや》く有栖川さんがつらそうに見えて、たまらず彼の手をギュッと握った。

「絶対に助かりますよ」

有栖川さんを元気づけると、彼が小さく頷く。

「ああ」

病院に着くまで、それ以上のことはなにも言えなかった。

都内でも有名な大学病院の前に車が停車すると、彼が私の手を掴んで車を降りる。

そのまま病院に入り、エレベーターに乗って、ＩＣＵへ――。

危篤状態の会長に会うのが怖かった。

表情にも出ていたのか、有栖川さんが病室の前で、私に目を向ける。

「大丈夫か？　どこかカフェで待っていてもいい……」

「いえ、大丈夫です」

彼の言葉を遮って、しっかりと伝えた。

大変な時なのに有栖川さんに余計な心配をさせてはいけない。気を強く持たなくては。

　アルコール消毒をして病室の扉を開けると、大きなベッドに彼のおじいさまが横たわっていた。酸素マスクをし、たくさんの管に繋がれたその姿が痛々しくて、直視できない。

「じいさん、なに弱った顔してるんだ？」

　有栖川さんがおじいさまの手を両手でしっかりと握って話しかけると、おじいさまが彼の名前を呼んだ。

「蒼、私は美雪ちゃんの花嫁姿が見たい」

　おじいさまが自分の手で酸素マスクを外して喋《しゃべ》る。

　意外に声がしっかりしていてホッと胸を撫で下ろしたら、横にいる有栖川さんが数秒スーッと目を細めておじいさまを見つめ、すぐにうっすら口角を上げた。

「そんなに俺を結婚させたいですか？」

　なんだろう？　室温が一気に五度下がったような気がする。

　顔は笑っているけど、有栖川さん怒ってる？

「ああ。いつまで美雪ちゃんを待たせる気だ？　もうアメリカに戻ってもお前のポストはない。これからは日本で仕事をしろ」

病人とは思えないほど活舌よく話すおじいさまに、有栖川さんが冷たい視線を投げる。

「道理で周りが次のプロジェクトを俺なしで進めているわけですね。こういう悪趣味な真似はやめてください。それで、会長のことだから、もう式場は用意してあるんですよね?」

『じいさん』ではなく、あえて『会長』と役職で呼んでいるのは、彼が怒っているからだろう。

それにしても、『悪趣味な真似』って……どういうこと?

「あの……おじいさまが倒れたっていうのは?」

ふたりの話に割って入って確認すると、有栖川さんが溜め息交じりに答える。

「嘘だよ。ベッドサイドモニタは正常値だし、点滴だって横に置いてあるだけで実際に繋がれていない。それに、危篤の人間はこんな顔色よくて元気に喋らないよ」

「ああ。なるほど。……危篤じゃなくてよかったあ」

身体から一気に力が抜けてへなへなとくずおれると、有栖川さんがギョッとしながら「ちょっ……神崎さん!」と声をあげ、私の腕を掴んで立たせる。

「大丈夫か?」と彼に聞かれ、苦笑いしながら返した。

「だ、大丈夫……です」

自分で立とうとするけれど、またよろける私に有栖川さんが優しく言う。

「無理しなくていいよ」

私と彼のやり取りを見たおじいさまが、嬉しそうに笑った。

「そういうふたりが見たかった。明日式を挙げてもらう。これは有栖川家の家長としての命令だ」

明日式を挙げる？　え、ええ～！

とんでもない展開に私は言葉をなくしていたけれど、有栖川さんはしばしおじいさまを見据えると、渋々といった様子で頷いた。

「……わかりました。今日は疲れているのでこれで失礼します」

「ちょっと待て。お前と美雪ちゃんの新居はもう手配してある。今日から一緒に住んでもらう」

そのおじいさまの言葉で有栖川さんの周りの空気が、一瞬カチンと凍ったような気がした。

「本当に勝手な人ですね」

有栖川さんは無表情で毒を吐いて、私の腰に手を回した。

「さあ、行こう」

彼の言葉に静かに頷いてICUを出ると、背が高くて、精悍《せいかん》な顔つきをした男性が立っていた。年は蒼さんと同じ二十八歳くらいで、髪は長めのスポーツ刈り、ダークグレーのスーツを着ている。

その男性が「お疲れ」とどこか楽しげに声をかけると、有栖川さんが冷ややかに返した。

「お前、全部知ってたな？」

なんだか親しそう。彼は一体誰？

「文句を言う前に、俺の紹介をしたらどうだ？　彼女がキョトンとしてるぞ」

謎の男性に指摘され、有栖川さんが私に目を向ける。

「ああ。そうだな。神崎さん、彼は俺の秘書で幼馴染の中西悠馬《なかにしゆうま》」

幼馴染……か。六歳から有栖川さんの婚約者をやっているけど、初めて会ったな。まあそれだけ私と彼が希薄な関係だってことなんだろうけど。

「神崎美雪です。はじめまして」

中西さんの目を見て挨拶すると、彼は笑顔で返した。

「中西悠馬です。噂の婚約者にようやく会えて嬉しいですよ」

「いや、そんな、噂になるような身分では……」

今の状況に頭がテンパっているせいか、わけのわからないことを口にしてしまい、ふたりが同時に首を傾《かし》げた。

「「身分？」」

「い、いえ、なんでもないです。ちょっと気が動転してて……」

つい日頃から思っている自分の認識を口にしてしまい慌ててごかますと、有栖川さんがそんな私を気遣ってくれた。

「まあ気持ちはわかるよ。いろいろビックリさせてごめん」

「あの……気にしないでください」

ニコッと笑ってみせるが、どうしても顔が強張ってしまう。

「悠馬は俺の誘いもあってうちに入社したんだ」

私をリラックスさせようとしているのか、有栖川さんがそんな話をすれば、中西さんもちょっとおどけた様子で相槌《あいづち》を打つ。

「そうそう。大学が同じだったから、毎日のようにARSに入れってこいつに口説かれてね。入社したら入社したで、今度はアメリカ赴任についてこいって。まあ、待遇がよかったからオーケーしたけどな」

ふたりのやり取りを聞いていると、幼馴染ということもあるのか、お互い気の置けない仲のように思える。

「ああ。それで有栖川さんの帰国にもついてきたんですね」

納得しながらそんな返しをする私を有栖川さんがスマートにエスコートして、正面玄関に横付けされた黒塗りの車に乗せた。

助手席に座った中西さんが後部座席の私たちを振り返り、ニヤニヤしながら告げる。

「それじゃあ、これからお前の新居に行くから」

「その顔、気持ち悪いからやめろ」

普段感情を表に出さない有栖川さんがあからさまに顔をしかめると、そんな彼を中西さんが弄《いじ》った。

「おー、相当怒ってんな。だが会長、ホントに倒れたらしいぞ。命に別状はなかったし、今はケロッとしてるが、そろそろ安心させてやれよ」

「わかってる」

有栖川さんは急に表情を変えてそう言うと、黙り込んでしまった。

私の存在が彼を悩ませている。

きっとアメリカでもっとやりたいことはあっただろう。こんな形で帰国させられて、彼も不本意に違いない。

しばらく車に乗っていると、目黒《めぐろ》の閑静な住宅街にある五階建ての低層マンションに着いた。

車を降りた有栖川さんと私に、中西さんがマンションを見やって言う。

「ここが会長が用意した新居だ。俺は一階に住むから」

「監視役ってことか」

不機嫌そうな顔で有栖川さんがつっこんだら、中西さんはあっさり認めた。

「手っ取り早く言えば、そうだな」

三人でマンションに入り、エレベーターで四階に上がる。

部屋に入ると、新築の匂いがした。メゾネットタイプで、間取りは６ＬＤＫ。屋上には広いテラスがある。

家具や家電もそろっていて、キッチンには食材も用意されていた。

玄関に一番近い部屋に見覚えのあるスーツケースが置いてあると思ったら、それは私のもので、中を開けたら服や化粧品が入っていた。

恐らく母がおじいさまに言われて、慌てて準備したのだろう。式を急遽《きゅうきょ》挙げることになったのも、おじいさまの気まぐれに違いない。

ハハッと乾いた笑いが込み上げてくる。

正直、こんな形で有栖川さんと結婚したくなかったな。

特に荷解きはせず、スーツケースを閉じたら、有栖川さんが部屋に入ってきた。

「神崎さん、こんなことになってすまない。祖父の命は絶対だ。俺がアメリカにいればこの婚約もなかったことになると思ったけど、目論見《もくろみ》が外れたな」

やはり、彼は私と結婚はしたくなかったんだ。

わかっていたこととはいえ、ズキッと胸が痛む。

動揺を隠して黙っていると、彼は続けた。

「一度祖父に神崎さんを縛るなと意見したんだが、聞く耳を持たなくてね」

知らなかった。私との婚約、解消しようとしていたなんて……。

おじいさまが破談にしなかったのは、私を思ってのことだろう。大人になってから何度か『蒼のことは好きか？』と聞かれて、『はい』と答えたことがある。私が『いいえ』と返していれば、こんなことにはならなかったはず。縛っているのは私の方だ。

「悪いけど、俺と結婚してほしい。一年経ったら性格の不一致とか、適当に理由をつけて離婚しよう。それで祖父も納得すると思うから」

それが多分、私との結婚を終わらせる最善の策なのだろう。

「そうですね」

無理矢理笑顔を作って返すと、彼に変な顔をされた。

「大丈夫か？」

安心させるために笑ってみせたのだけれど、有栖川さんにしてみれば不幸な話なのだから、不謹慎だったかもしれない。

「いっそのこと、結婚式当日に逃亡しようかな……」

「それは大騒ぎになるからやめてくれるかな？」

彼の声が聞こえて反射的に相槌を打つ。

「そうですよね……って、ええっ!?　私の声漏れてました？」

青ざめながら確認すると、彼は私をジーッと見つめながら答える。

「ああ。神崎さんには迷惑をかけて、本当にすまない」

彼が申し訳なさそうに頭を下げるので、あたふたしながらも必死にフォローした。

「あ、頭を上げてください。私、全然大丈夫ですから。式なんて数時間で終わるでしょうし、平気ですよ。むしろ、次に結婚する時の予行練習になってラッキーって……あっ」

有栖川さんが呆気に取られた顔をしていて、思わずハッとする。

ずに済むから。

私の馬鹿。絶対に変わった女だって思われた。

でも、その方がいいのかもしれない。私と一年後に離婚しても、彼は罪悪感を抱かずに済むから。

有栖川さんをこんな苦しい立場にしたのは私だ。私が彼を好きになったばっかりに。

そう考えると涙が込み上げてきた。

ダメ。抑えなさい。ここで泣いちゃ……ダメ。

泣いたら彼が好きだってバレてしまう。一刻も早く彼から離れないと。

「あ……あの……、研究所にバッグを置いてきてしまって……パソコンの電源も落としてないですし……ちょっと戻ります」

有栖川さんの顔を見ずに部屋を出ようとしたら、彼に肩を掴まれた。

「待って。もう十時過ぎてるし、俺も一緒に行く……って、どうして泣いている？」

私の顔を見て、彼が驚いた顔をする。

どうやら涙がこらえきれず、こぼれてしまったらしい。

「こ、これは花粉症で」

慌てて手で涙を拭ってごまかすが、彼は疑いの眼差しを向けてくる。

「今、十二月なのにか？」

「……ハウスダストかもしれません」

あっ、新築マンションなのに、変なことを言ってしまった。

嘘だとバレバレだったと思うけど、彼はもうつっこんでこなかった。

「……花粉症も大変だな。悠馬、ちょっと研究所に行ってくる」

「俺は荷解きもあるし、自分の部屋に戻ってるわ。明日は朝から式だから早めに寝ろよ。後で式場の資料メールで送っとく」

中西さんの言葉に、有栖川さんが小さく頷く。

「ああ。じゃあ、行こう、神崎さん」

断る元気もなく、彼にタクシーで研究所まで連れていかれた。

着いたのが十一時近かったせいか、仕事をしている人は少なく、ひっそりとしている。

自席に行き、パソコンの電源を落とすと、有栖川さんに聞かれた。

「仕事は楽しいか？　もしじいさんに言われてここにいるのなら、無理して働くことはない」

「楽しいですよ。みんな優しい人ばかりで、ARSに入ってよかったです。あっ、ちゃんと就職試験は受けましたよ。会長や父に内緒でこっそり受けたんです」

コネではないことを強調したら、彼はすんなりと信じてくれた。

「ああ。神崎さんなら実力で受かるよ。そういうところ、尊敬する。有栖川のコネなんていくらでも使えるのに」

「コネを使っても苦労するのはわかっていますから」

有栖川のコネで普通の公立校から有名私立校に転校したから、身をもって知っている。

最初は周囲の子との学力の差があってかなり大変だった。家庭教師をつけてもらって、指にペンだこができるくらい毎日必死で勉強したっけ。有栖川さんに追いつきたくてトップを目指して頑張り、中学生になると学年でも上位の成績を取れるようになった。それも今では懐かしい思い出だ。

彼とマンションに戻ると、中西さんが手配したのかホテルの豪華なデリバリー料理が届いた。

ホテルのスタッフが素早くオードブルの盛り合わせ、ステーキ、サラダ、オニオンスープ、パン、ライスなどの料理をセットしていったが、私はただただ呆気に取られながらそれを見ていた。

「お腹空いただろう？　食べよう」

彼がダイニングテーブルに並べられた料理を見て私に声をかけるけど、その顔は少し疲れて見えた。

今日帰国したんだもの。疲れていて当然だ。

「あの……先に食べててください。私はちょっと荷解きをしてきます」

これ以上気を遣わせてはいけないと思ってそう言うと、ひとり屋上のテラスに向かう。

ウッドチェアが置いてあって、そこに腰かけた。

気温が低いせいか、吐く息が白い。

日中降っていた雪はやんで、空にはちらほら星が見えた。でも、なんの星だかわからない。

明日、私は有栖川さんと結婚する。

好きな人と結婚するのに、胸に苦い思いが広がるのは愛されていないから。

一年間の期限付きの結婚。中西さんの監視もついて、有栖川さんにしてみれば刑期に等しいかもしれない。

好きでもない相手と結婚させられるなんて、有栖川さんが可哀想だ。でも、もう回避はできない。

私との結婚を蹴れば、彼はおじいさまに縁を切られ、夢を叶えられなくなるだろう。

「ごめんなさい。有栖川さん」

星を見ながら呟いていたら、入り口のドアがガチャッと開いて有栖川さんがやってきた。

「こんなところにいたのか？　もう雪はやんだけど、風が冷たい。戻ろう」

「はい。ごめんなさい」

私の姿がないから捜しに来たのだろう。

「お腹空いてないのか？」

彼が私を気遣ってきて、胸に手を当てながら苦笑いした。

「なんだか胸がいっぱいで」

「そうか。明日八時半には家を出るから、早く寝た方がいい」

彼がそう言って、私を寝室に連れていく。

二十畳ほどの大きな部屋にキングサイズよりもさらに大きなベッドがドーンと置いてあるのを見て、私は青ざめた。

ここで一緒に寝るなんて、無理、無理。誰かとベッドを共にしたことなんてないもの。しかも、相手は有栖川さんだ。緊張で眠れるわけがない。

それに、疲れている彼を休ませてあげないと……。

「あの、私、歯ぎしりがすごくて、いびきもひどくて、寝言もうるさいし、おまけに寝起きも悪いので、ここは有栖川さんがひとりで使ってください！　じゃあ、おやすみなさい！」

一気に捲《まく》し立てるように言うと、「え？　神崎さん……ちょっと」と彼がなにか言いかけたが、構わず小走りでスーツケースのある部屋に駆け込み、すぐにドアを閉めてもたれかかった。

これでいい。私がいては彼だってよく眠れないだろう。なるべく私の存在を消さなきゃ。

明日は結婚式。私も早く寝ないと……。目の下に隈がある花嫁なんて最悪だ。みんなの笑いものになっては、有栖川さんに迷惑がかかる。

だが、床に横になってみたものの、神経が高ぶって眠れない。

十分、二十分と時間は過ぎていくのに全然寝られず、午前一時を過ぎても目がさえてしまって、キッチンに向かう。

水でも飲んで心を落ち着けようとしたら、先客がいた。

「あっ、まだ起きてたのか……って、ベッドのない部屋で眠れるわけないか。俺はソファを使うから、神崎さんは寝室のベッドで寝て」

有栖川さんは私に視線を向けてそう言葉をかけると、なにか錠剤を口に入れ、ペットボトルの水をゴクッと口にする。

「いえ、ベッドが問題じゃなくて、緊張で眠れなくて……。あの……どこか具合が悪いんですか？」

ダイニングテーブルに置かれた薬の包装シートを見て尋ねると、彼は少し顔をしかめながらも淡々と答える。

「ちょっと頭痛がするだけ。今日は忙しかったから。なにか飲むか？　ココアやハーブティーもある」

今日は彼にとってストレスの多い一日だったはず。会長に突然結婚しろなんて言われるし、頭が痛くなるのも無理はないと思う。

「いえ、いいです。あのソファに座ってくれませんか？」

リビングのソファをチラリと見やれば、彼が怪訝な顔をする。

「なにか話でもあるのか？」

有栖川さんがジーッと見つめてきたので、たまらず目を逸《そ》らした。

「と、とにかく座ってください」

ふたりでソファに移動すると、有栖川さんを座らせ、私は彼の背後に回った。

「一体なにを？」

私の行動を不審に思っていそうな彼に、努めて明るく言う。

「今からマッサージをします。なにも考えず、リラックスしてください」

一瞬面食らったような表情をされたが、「わかった」と静かに答える有栖川さんの両肩に手を置く。

平静を装ってはいたけれど、彼の身体に触れて内心では動揺していた。

これが……有栖川さんの肩。マッサージをするためとはいえ、自分から触ってしまった。

身体はスリムだけど、男性だけあって骨格ががっしりしてる。

今も運動してるのだろうか？

そんなことを考えながら肩を揉《も》んでいたら、不意に有栖川さんが口を開いた。

「ほっそりしてるのに、意外と力があるんだな」

「父が頭痛持ちで、実家にいた時マッサージしてあげていて……それで慣れているんです」

私の話を聞いて、彼が少し穏やかな声で返した。

「そうか。……気持ちいいな」

少しずつ彼の身体の力が抜けている。

お世辞じゃなく、本当に心地よく感じてくれていたらいいけど。

十分くらい肩を揉むと、次は頭をマッサージする。

「それ……すごくいい」

リラックスした様子で彼がそんな感想を口にするので、俄然《がぜん》やる気が出てきた。

──頭の痛みがなくなりますように。

そう願いながら、指先に力を入れて頭を揉む。

腕や背中も揉みほぐすと、彼が突然私の手を掴んできたのでハッとした。

「あっ、力強すぎました？」

有栖川さんの顔を覗《のぞ》き込むと、彼が顔を上げて私と目を合わせた。

「違う。もういいよ。ありがとう。お陰で痛みが治まった」

「いえ、また頭痛がしたらマッサージしますね。あの……私、有栖川さんの世界一の自動車会社の社長になるっていう夢が実現するように陰ながら応援します！」

彼の負担にならないよう、妻としてではなく、サポート要員としての熱意を伝える。

珍しく噛《か》まずに言えたのは、小さい頃からずっと自分に言い聞かせていたからかもしれない。

「陰ながらって、そこは堂々と応援してくれていいんだけど」

私の発言がおかしかったのか、クスッと笑う彼が目に眩《まぶ》しかった。

こんな風に笑ってくれたのは初めてだ。彼はクールなタイプで、人前ではあまり笑わない。

有栖川さんの顔をうっとりと見ていたら、彼がソファから立ち上がった。

「書斎で仕事してくる。神崎さんはもう寝た方がいい」

「はい」と私が返事をすると、彼は「おやすみ」と静かな声で告げてリビングを後にする。

彼がいなくなると、ソファに座り、ハーッと軽く息を吐いた。

家でも仕事なんて大変だ。

私と結婚したら、彼はますますストレスを抱えてしまうのではないだろうか。

なるべく彼の負担にならないようにしないと。

結婚しても、私は黒子に徹しよう。そうすれば、彼だって私の存在を気にせずに済むはず。

書類上だけの結婚だもの。しかも一年間という期限付き。

有栖川蒼の妻だと名乗るつもりはありません。

だから、有栖川さん……安心して……くださ……い……ね。

「なんだか……眠……い」

ずっと気を張っていたせいか、緊張の糸がブチッと切れて、そのまま意識を手放した。

俺の許嫁 ― 蒼side

「あの……私、有栖川さんの世界一の自動車会社の社長になるっていう夢が実現するように陰ながら応援します！」

突然なにかのスイッチが入ったかのように、彼女が俺の目をしっかりと見据えて宣言する。

神崎さんが口にしたのは、俺が小さい頃に彼女に語った夢。

二十年も前のことをよく覚えているな。それに……。

「陰ながらって、そこは堂々と応援してくれていいんだけど」

普段あまり笑うことはないのだが、真剣な顔で言う彼女がかわいく思えてついクスッと笑ってしまった。

今までまともに目さえ合わせてくれなかったのに、俺を元気づけようとしているのだろうか？

「書斎で仕事してくる。神崎さんはもう寝た方がいい」

彼女を気遣ってそう告げて、すぐにリビングを出て書斎に向かう。

俺がいては神崎さんが落ち着かないに違いない。

彼女がマッサージしてくれたお陰で頭痛が治まったが、今日は肉体的にも精神的にもひどく疲れた。

祖父が倒れたと父から連絡があって、慌てて俺の秘書をしている悠馬と共に日本に帰国。父の指示で神崎さんを連れて病院に駆けつければ、元気な姿の祖父から『明日式を挙げてもらう。これは有栖川家の家長としての命令だ』と言われた。

祖父の命は絶対。怒り心頭に発していたがなんとか抑えた。

冷静になれ。一番可哀想なのは神崎さんだ。

祖父の気まぐれで俺の婚約者にされ、学校まで転校させられて、就職先もうちの会社。中学から大学まで俺と同じバスケ部だったのも、恐らく祖父の意向だろう。

彼女だってやりたいことがあったはず。好きな男だっていたかもしれない。俺は彼女に憎まれても当然なのだ。

祖父の命で婚約し、バスケ部の後輩でもあったけど、神崎さんのことはあまりよく知らない。なぜなら彼女にずっと避けられていたから。

誰かの視線を感じたかと思えば、それは神崎さんで、俺と目が合うと必ず逸らされた。目を逸らされるのはまだいい方で、俺の顔を見て逃げられたことも多々ある。

家族との食事会で会っても目を合わせてくれず、話しかけても『はい』か『いいえ』で答えるだけ。

自惚《うぬぼ》れと言われるかもしれないが、母方の祖父がイギリス人だったこともあり、俺自身も顔の彫りが深く、目立つ容姿をしている。そのせいか、昔から放っておいても女が寄ってきて、俺を見て逃げるのは神崎さんくらいだった。

初めて会った時はもっと人懐っこかったのに、婚約してからはまともに目も合わせてくれない。そういえば、祖父から俺の婚約者に指名された時は、あまりにショックだったのか固まっていたっけ。

勝手に婚約者に決められ、さぞかし俺を恨んでいるだろう。

神崎さんの父親はうちの会社に勤めていて、彼女の方から婚約破棄にすることとなんてできないのだから。

その証拠に彼女は俺との関係を他人に話さなかった。俺が婚約していたことは公表されていたけれど、相手が誰かは神崎家の意向もあって伏せられていた。だから、俺と神崎さんが婚約者だと知っている人は、俺の親友を除いていなかったように思う。

俺が彼女との婚約に異議を唱えなかったのは、将来会社を継ぐことしか頭になく、正式に結納もしていなくて、婚約と言われてもピンとこなかったから。

神崎さんとの婚約を解消したところで、他の女性と婚約させられる。そうなれば、相手はきっと俺との関係を皆に言い触らすだろう。いつも適当にかわしてはいたけれど、女性にしつこく言い寄られるのは面倒だった。

そんな考えもあり、大学卒業までは神崎さんとの婚約については放置していた。結婚が他人事《ひとごと》のように遠い話に感じていたせいもある。

しかし、俺が社会人になって神崎さんも大学生になると、彼女の将来を考えるようになった。いつまでも有栖川家に縛りつけておくのは気の毒に思い、祖父に言ったのだ。

『神崎美雪さんとの婚約を解消したい』と――。

しかし、祖父は頑《かたく》なに拒否した。

『ダメだ。私はあの子を気に入っている。あんな優しい子はいない。お前だって彼女のことは嫌いではないだろう?』

確かに嫌いではないが、好きでもない。いや……そもそも恋愛に興味がない。

『嫌いと言ったら、破棄してもいいですか?』と祖父に尋ねると、やはり許してはもらえなかった。

『本当に嫌いだったら、もっと早くに私に言っていただろうな。それに、そんな質問はしない。きっぱりと拒絶するはずだ』

祖父の言葉を聞いて思わず舌打ちしたくなったが、グッとこらえた。

『彼女に苦しんでほしくありません』

転校させられたこともそうだし、最近知ったのだが、彼女は週末うちの実家に通って花嫁教育なども受けているらしい。恐らく、それも祖父の命令。

『私には苦しんでいるように見えない。心配ならお前が支えてやればいい』

祖父は聞き入れてはくれなかった。父も『会長が強く望んでいるのだから、婚約の解消は無理だろうな』と言うばかりで、祖父を説得してくれない。

俺がアメリカに行けば、婚約の話もなくなるかと思っていたのだが、うまくいかなかった。

祖父がアメリカ行きを許したのは、俺に経験を積ませるため。本当は二年で戻るように言われていたけど、円高の影響でアメリカでの車の販売台数が減り、その対応に当たっていたこともあって延び延びになっていた。

俺としてはもう少しアメリカにいたかったのだが、今回のことでもうその道は断たれてしまった。新しいプロジェクトを開始しようとした矢先に俺を無理矢理帰国させた祖父には腹が立つ。

日本での俺のポストももう決まっているそうだ。父の後を継ぐ以上、祖父に従うしかない。だったら、気持ちを切り替えて前に進むだけ。

しかし、結婚となると話は違ってくる。俺だけでなく神崎さんの問題でもあるのだ。だから、一年間の契約結婚を彼女に提示した。

一年間我慢してもらう必要があるが、離婚しても彼女が幸せに暮らしていけるようサポートするつもりだ。

結婚している間は、神崎さんがつらい思いをしないよう全力で守る——。

そう心に決めた。

一時間ほど書斎で仕事をしてリビングに戻ると、神崎さんがソファで寝ていて驚いた。

俺のマッサージをして、疲れてそのままここで寝落ちしたのだろうか？

疲れていて当然。彼女にとっても大変な一日だったはず。

『いっそのこと、結婚式当日に逃亡しようかな……』なんてとんでもないことを呟いていたし、明日の結婚式のことを考えると、憂鬱だっただろう。

「神崎さん、ごめん」

眠っている神崎さんを見つめて謝ったら、「有栖川さん……私、黒子になります」

と彼女が呟くのが聞こえてハッとする。

一瞬起きているのかと思ったが、すぐにスーッという静かな寝息が聞こえてきた。

「……寝言か」

黒子になるって、どういう意味なのだろう？

それだけ俺に気を遣っているということだろうか？

今までまともに話をしたことがなかったから、彼女がなにを考えているのかわからない。

今日も四年ぶりに会ったけど、俺と接する時の態度はあまり変わっていなかった。

基本的に俺と目が合うと逸らすし、挙動不審。こんなんで一緒に暮らしていけるのだろうか？

寝室で寝るのもすごく警戒していたから、俺と同じ空間にいるだけでも苦痛なのかもしれない。

婚約者といっても名ばかりで、実際の関係は顔見知り程度。手すら繋いだことがない。

「……私のことは気にしないで」

ポツリとまた彼女が寝言を言うが、思わず真顔でつっこんでしまう。

「気にするよ」

そのままジーッと神崎さんを見つめる。

こんな風に彼女の顔をまじまじと見るのは初めてかもしれない。

あどけないその寝顔。まつ毛が長くて、色白で、肌も綺麗だ。

俺と二歳差なのに、まだ二十歳くらいに見える。

普通に美人だとは思っていたけれど、こんなに綺麗だったとはな。

学生時代の彼女は物静かであまり目立たず、教室の隅っこにいるような子だった。

そういえば、本当に笑った顔は見たことがない。いつも笑うと顔が引きつっていて、どこか不自然なのだ。

手を伸ばして神崎さんの頬にそっと触れるが、彼女は目を閉じたまま。

いつか俺に本当の笑顔を見せてくれるだろうか？

いや……。嫌われていてもいい。彼女が元気でいてくれれば——。

神崎さんを抱き上げて、寝室のベッドに運ぶ。

俺が一緒でなければぐっすり眠れるはず。

「……寝室も考えないといけないな」

すぐにベッドを購入したら、悠馬がじいさんに告げ口しそうだ。

当分、ソファが俺のベッドかも。寝心地がいいとはいえないだろうが、彼女がソファで寝るよりずっといい。

「おやすみ、神崎さん」

彼女の頭をそっと撫でると、寝室を出てリビングのソファに腰かけた。

スマホを取り出し、明日の予定を確認する。

明日は赤坂《あかさか》のホテルで衣装合わせをして、チャペルで挙式、その後両家での食事会がある。

とりあえず派手な披露宴はやらないようなので、ホッと胸を撫で下ろした。

結婚式だけでも負担なのに、招待客をたくさん呼ぶ披露宴なんて神崎さんには拷問に等しいだろう。そのうち大々的にやるかもしれないが、それだけは阻止しなければ。

日本に戻ってきたし、もう祖父のいいようにはさせない。

次の朝起きると、七時半過ぎに悠馬が朝食を届けに来た。

「初夜はどうだった……ってまだ結婚してなかったな。婚約者と一晩過ごしてどうだった？」

「報告書でも書いた方がいいのか？」

ギロッと睨みつければ、悠馬がわざと驚いてみせた。

「おお、怖いなあ。ちょっと聞いただけだろ？　八時半にここを出るからそれまでに朝食を済ませておけよ」

「ああ。わかった」と返事をすると、悠馬は一旦自分の部屋に戻った。

紙袋に入った朝食をダイニングに運び、そろそろ神崎さんを起こしに行こうとしたら、バタバタと足音がしてドアが大きく開いた。

「ね、寝坊してすみません！　それにベッドまでお借りして……しまって……」

髪を振り乱して現れた神崎さんが、俺を見るなり謝った。

よほど慌てたのか、息が上がっている。

「おはよう。よく眠れた？」

ベッドのことはスルーしてにこやかに挨拶すると、彼女は少しずつ俺から視線を逸らしながら答える。

「はい。お陰さまで」

目の下に隈はないな。ちゃんとベッドで寝かせたのがよかったのかもしれない。

今日は式で緊張するだろうし、充分睡眠を取っていないと持たないから。

「悠馬が朝食を持ってきたんだ。温かいうちに食べてしまおう」

紙袋に入っていたホットサンドとコーヒーを取り出したら、彼女が「あっ、私が」と言って、六人掛けのダイニングテーブルに並べるのを手伝ってくれた。

「ホットサンド、ハム卵とスモークチキンがあるけど、神崎さんはハム卵がいいか？　チキンは苦手だっただろ？」

俺が確認すると、彼女がひどく驚いた顔をする。

「え？　なんで知って……」

「食事会で鶏肉が出ると、テンションが下がってたから」

いつも以上にね。

彼女はなにかおぞましいものでも見るかのように鶏肉を一瞥《いちべつ》し、水で流し込みながら食べていた。

「我慢して食べてたのバレバレですね」

苦笑いしながら認める彼女に、無理をしないよう優しく言う。

「祖父たちに気を遣って嫌いだと言えなかったんだろうけど、うちでは我慢して食べることないから。気を楽にすればいい」

「が、頑張ります」

返事からしてガチガチに固くなってる。もっとリラックスしてもらいたいのだが、逆にプレッシャーになってしまっただろうか?

俺を嫌っている彼女を、どう扱っていいかわからない。

そんなことを考えながら、彼女と向かい合って食事をする。

今日のスケジュールを説明すると、神崎さんは淡々と「はい」と頷きながら聞いていた。

朝食を食べ終えて席を立つが、あることに気づいて彼女の顔に触れる。

「神崎さん、ちょっとごめん」

目の下にまつ毛がついていて、身を屈《かが》めてそれを取ったら、彼女と目が合った。

大きく開かれたその目は、曇りがなく透き通っている。

綺麗だなと思ってじっと見ていたが、神崎さんが瞬きもせずフリーズしていることに気づいてハッとした。

「ちょっ……神崎さん!」

彼女の目の前で手を左右に振ってみるけど、反応しない。

指でツンとつついたら、そのまま後ろに倒れそうだ。

「神崎さん、大丈夫か?」

もう一度声をかけると、彼女がビクッとしてやっと返事をした。

「だ、大丈夫です。い、い、生きてます」

……参ったな。俺がちょっと触れただけで死にそうになるのか？

結婚式でキスなんかしたら、確実に卒倒するだろう。

胸に手を当てて息を整えている神崎さんを見て、かなり不安になった。

寝室は別でお願いしたいのですが

「あの……わ、私、変じゃないでしょうか？」

震える声で尋ねる私を、有栖川さんがじっと見つめてくる。

その視線を受け止めるのがとても恥ずかしくて、目が泳ぎそうになるのを必死に我慢した。

ノースリーブでプリンセスラインのこのドレスは、レースがふんだんに使われていて、まるで妖精のように可憐《かれん》だ。今朝、数あるドレスの中からひと目惚れして選んだものだけど、自分が彼の目にどう映っているのかすごく気になった。

「大丈夫。綺麗だよ」

真顔で褒めてくれたが、その回答を聞いても安心できない。

彼は優しい人だから、私の花嫁姿がイマイチでも口には出さないかも。

あ～、もう緊張で有栖川さんの顔がまともに見られないよ。

今、私と彼はチャペルの前にいた。

普通、ヴァージンロードは父と歩くものだけれど、私の父が突然お腹を壊してしまい、そこでおじいさまが、『蒼と歩けばいい。今は多様性の時代だからな』ととびきりの笑顔で言い出して、有栖川さんとスタンバイしている。

これはおじいさまによる策略ではないだろうか。なぜなら、控え室にいた父は娘の結婚式ということで感極まってはいたけれど、とても元気だったから。

有栖川さんも同じことを思ったのか、『あのタヌキじいさん、完全に式を私物化してる』とご立腹だ。

そんな状態でスタンバイしている私と彼を、カメラマンが連写していく。これもおじいさまの指示に違いない。

仲睦《なかむつ》まじい結婚式を写真に収めるのが目的なのだろうが、私も有栖川さんもどこかピリピリしていて笑顔を作れなかった。

もうこんな雰囲気では、式がうまくいく気がしない。

すごく気が重くて、今朝食べたホットサンドを戻しそうなんですけど……。

花嫁の代役はさすがに誰にもお願いできないよね？　逃げたらみんなに迷惑をかけてしまう。

マイナスなことを考えるな。もっとポジティブにならなくては。

憧れの有栖川さんのタキシード姿を見られる上に、結婚式だって挙げるんだよ。

この目にしっかりと焼きつけなきゃ。離婚しても、この思い出を胸に生きていけるでしょう?

でも、今朝彼に顔を触れられただけで固まったのに、無事に式を終えられるの?

だって結婚式には誓いのキスがある。そうだよ。誓いのキス……。

ひとりキスのことを考えて青ざめていたら、有栖川さんが突然私にスマホを見せた。

「美雪、これ見て」

有栖川さんに下の名前で呼ばれて、ドキッとする。

ホテルに来る前に、私と彼は婚姻届に署名をし、家の近くの区役所に提出した。

それで、彼が『もう名字で呼ぶのはおかしいから』と言って、下の名前で呼ぶようになったのだけれど、まだ慣れなくて呼ばれるたびに顔が熱くなる。

これ、録音して目覚まし時計の呼び出し音にしたい。

「保科《ほしな》の子供の写真。今、三つで、名前は心《こころ》ちゃんだって。美雪はもう会った?」

保科というのは、有栖川さんの幼稚舎からの親友。ちなみに保科さんの奥さんが私の親友で、保科夫妻は私と有栖川さんの関係を知っている。

「あっ、はい。心ちゃん、会いましたよ。とてもかわいいんです。目がくりっとして天使みたいなんですよ」

興奮気味に語る私を見て、彼が小さく相槌を打つ。

「へえ、そんなにかわいいんだ？　俺も早く会いたいな。ひとりっ子だったから、小さい子と触れ合うことなんてなかったし」

「私もそうですよ。あんなかわいい子がいたら、毎日ギュッとします」

「美雪も目がクリッとしてて、綺麗だよ。そういえば、美雪の赤ちゃんの頃の写真って見たことないな。今度見せて」

急に思わぬお願いをされ、困惑した。

「私のなんか見ても全然かわいくないですよ。有栖川さんの写真が見たいです」

もう彼は八歳の頃から顔が出来上がっていた。赤ちゃんの頃だって相当美形だったんじゃないかと思う。

「有栖川さんじゃなくて、蒼」

すかさず訂正されたので、上目遣いに彼を見て頼んでみる。

「うっ……有栖川さんじゃダメですか？」

「美雪も今日から有栖川なんだよ。お互い有栖川って呼び合う気？」

「それは……」

夫婦で名字で呼び合うのはおかしいけれど、私たちは愛し合って結婚するわけじゃないから、彼を下の名前で呼ぶのは抵抗がある。

「じゃあ蒼って呼んでみようか。ほら、言ってみて」

有栖川さんが私を見据えて命じるものだから、思わず狼狽《うろた》えた。

「……蒼……さん」

ボソッと彼の名前を呼ぶと、彼はダメだと言わんばかりに小さく頭を振る。

「聞こえない」

すぐ横にいるのだから聞こえているはず。でも、私をからかっている様子はなかった。はっきり言うまで諦めないような気がするし、名前の呼び方で嫌われたくない。

「蒼さん」

仕方がないので今度ははっきり言ったら、彼が満足げに笑った。

「いいね。よくできました」

あっ、その笑顔で褒められるとなんだか嬉しい。彼のペットになったみたい。

妻なんて大役じゃなくても、ペットでよかったのにな。そしたら、ずっと彼と一緒にいられるのに……。

いや、そんなこと、望んじゃいけない。それに、彼に好きとは絶対に言わない。

それは彼の婚約者になった時から決めていた。

だって、きっと彼は自分に相応しい人を選ぶもの。それで、私はいらなくなる。私から告白されても彼が困るだけ。この思いは墓場まで持っていくつもりだ。

私の夢は、彼の夢を応援すること。彼がずっと笑ってくれていたらそれでいい。

まずは彼の負担にならないよう、この結婚式を済ませなければ。

「有栖川さん、私、結婚式頑張ります。転ばないようにヴァージンロードを歩きます！」

手をギュッと握り締め、彼に意気込みを伝えたら、とても優しく微笑《ほほえ》んでくれた。

「だから、蒼だよ。そんな気負わなくていい。転びそうになっても俺が支えるから」

結婚なんて嫌だろうに、私に優しくしてくれる蒼さんて、なんて尊いの。

「蒼さん……神」

崇めるように彼を見つめていたら、チャペルの扉が開いて音楽が聞こえてきた。

「さあ、行こう」

蒼さんに優しく背中をポンとされ、「ちょっと失礼します」と恐る恐る彼の腕に手をかける。

チャペルの中は眩しくて、思わず目を細めた。何度か瞬きしたら、彼が歩き出して慌ててついていく。

なんだか夢を見ているみたい。足元がふわふわしていて、雲の上を歩いているような感じがする。それに、蒼さんといろいろ話したせいか、緊張はしていない。

これなら大丈夫。きっとうまくできる。

一歩一歩ゆっくりとヴァージンロードを歩く。

ヒールに慣れていなくて少しぐらついても、蒼さんが支えてくれた。

私もしっかりしなきゃ。式の流れは今朝頭に入れた。リハーサルはなしだったし、ヴァージンロードも蒼さんと急遽歩くことになったけど、ちゃんとできるはず。だって彼と婚約してからずっと頭の中でシミュレーションしていたもの。

祭壇の前へ行くと、賛美歌を歌い、聖書の朗読、誓約、指輪の交換と、式次第通り無事に進行していく。

そして、いよいよ誓いのキス――。

蒼さんが私の顔を覆っていたベールをめくると、顔を近づけてきた。

心臓はドッドドッとすごい音を立てている。

こういう場合、目を開けておくべき？　それとも瞑《つぶ》るのが正解？

些細《ささい》なことで悩んでいたら、彼の親指が私の唇に触れた。

キスされる……！

思わず身構えたけど、彼の唇が私の唇に触れることはなかった。

え？

彼がキスをしたのは、私に触れていた親指。

戸惑いを感じつつじっと蒼さんを見ていたら、彼はゆっくりと私から離れた。

親たちがいる前でキスされなくてホッとしていいはずなのに、なんだかすごく悲しくなってきた。

ああ、そうだよね。好きでもない女にキスなんかしないよね。

私は決して愛されない期間限定の妻。

彼と一緒に退場するけれど、涙が込み上げてきて前がよく見えない。

ときどき上を向きながら涙をこらえ、なんとかチャペルを出ると、それで気が抜けたのか一気に涙がこぼれ落ちてきて……。

「ちょっ……大丈夫か？」

私が泣いているのに気づいた蒼さんが、ギョッとした顔をする。

「か……感極まっちゃ……って……すみません」

とっさにそう言い訳する私の涙を、彼がハンカチを出して優しく拭う。

「よく頑張った。この後の食事会、キャンセルするか？」

「だ、大丈夫です」

いけない。彼に心配をかけてなにをやっているんだろう。

料理だって手配してあるだろうし、私のせいで無駄にしてはいけない。

その後の食事会でも一応ずっと無理して笑っていたけれど、食事はあまり喉を通らず、午後四時過ぎに帰宅。

ずっと気を張っていたせいか、全身の筋肉がカチカチになっている。

あー早く横になりたい。これ以上緊張状態が続いたら、身体がおかしくなりそうだ。

玄関を上がると、横にいる蒼さんにまるで雇われバイトのように軽く頭を下げた。

「今日はお疲れさまでした」

「え？」

彼はキョトンとしていたけれど、私は構わず玄関を上がって、左側にあるスーツケースが置いてある部屋にひとりで入り、バタンと床に倒れ込む。

着替えて、お風呂沸かして、夕食の準備もしなきゃ。

そう思うのに、どっと疲れが押し寄せてきて、動けない。

左手の薬指に目を向けると、結婚指輪がキラリと光っていた。

この指輪は有栖川家が用意したもので、幅五ミリほどのプラチナのリングの中央にダイヤが埋め込まれている。デザインはシンプルだけど、お姫さまがつけていそうな高貴さがあって、かなり高価なものだと思う。ちなみに蒼さんの指輪はダイヤがない。

「本当に結婚したんだ」

正直言って、今朝婚姻届にサインしただけでは、蒼さんの奥さんになったという実感が湧かなかった。

六歳で婚約して、料理や礼儀作法など花嫁修業をしてきたけれど、まだ彼と一緒に住む心の準備ができていない。

蒼さんと会話らしい会話をしたのも、彼が昨日帰国してからというのに……。

ヴァージンロードを歩く前に、蒼さんが保科さんと麻美《あさみ》の娘の写真を見せたのは、私をリラックスさせるためだったのだろう。ずいぶんと彼に気を遣わせている。

こんなんで本当に一緒に住んで大丈夫なのだろうか？　家族以外の人と暮らしたことだってない。もう不安しかないんですけど……。

昨日は結婚式が突然決まって、頭がごちゃごちゃしていた。だからこれからの生活について考える余裕なんてなかったのよね。

ふたりで住む。それはつまり同じ家で食事して、お風呂に入って……一緒に寝るということ。

無理よ、絶対に無理。息をいつ吸っていいのかもわからなくなりそう。

一旦会社の寮に戻って、心の準備をした方が……。

寮は解約するから明日荷物を引き上げる予定だ。でも、今日はもう一歩も動けないかも……。

しばらく床に突っ伏していたら、コンコンとノックの音がして蒼さんが入ってきた。

「美雪、先にお風呂に入ってきたら……!?」

床の上で身動きが取れずにいる私を見て、彼が一瞬目を丸くした。

「これはその……ちょっとストレッチを」

慌ててそんな言い訳をしたら、彼がいつものクールな顔で私に尋ねる。

「疲れて動けないんだろ？　バスルームまで運ぼうか？」

「いえ……大丈夫です」

急いで起き上がる私を見て、蒼さんが穏やかな口調で告げる。

「ゆっくりお風呂に浸かれば疲れも取れる。俺はちょっと仕事があるから」

「はい」

私が返事をすると、彼は部屋を出ていく。

変な女だと思っただろうな。いや、もうすでにこれまでの私の奇妙なリアクションから、変な女だと認定されているに違いない。

彼が言うようにお風呂に入って身体をリラックスさせよう。

バスルームに行き、お風呂に浸かる。

浴槽にもたれかかってフーッと息を吐くと、左手の結婚指輪をじっと見つめた。

有栖川家の嫁の指輪。一年後には返さなきゃいけない。扱いには注意しないと。

お風呂では外した方がよかっただろうか？　変色したら大変だ。

大事なものだから、外してちゃんとどこかに保管しておかないと……。

頭ではそう思っているのに、睡魔が襲ってくる。

お風呂で寝ちゃ……ダメ。

必死に言い聞かせても、疲労からか身体の力が抜けていく。

指輪……大事にしなきゃ……。

ストンと眠りに落ちて、突然耳元で蒼さんの声がした。

「……雪！　美雪！」

ハッとして目を開ければ、目の前に蒼さんがいて私の肩を揺すっている。

「え？　一体なに？」

寝起きで状況がわからないでいると、彼がハーッと安堵《あんど》の溜め息をつく。

「一時間経っても美雪がお風呂から出てこないから、なにかあったのかと思って来てみれば寝てたんだよ」

蒼さんの説明を聞いて、慌てて謝った。

「ご、ご迷惑をおかけしてしまってすみません……キャッ！」

頭を下げた時に自分の裸が目に入り、思わず叫んで両手で胸を隠した。

「あの……その……見苦しいものをお見せしてすみません！」

蒼さんに……は、裸を見られた。

脳内はパニックで、彼の顔を見られずギュッと目を閉じると、ポンと頭を叩《たた》かれた。

「俺に襲われてもいいなら別だけど、もうお風呂で寝ないように」

蒼さんの声が耳元でしたかと思ったら、すぐに浴室のドアがガチャッと開閉する音がした。恐る恐る目を開けると、もう彼の姿はなかった。

なにやってるんだろう、私。

今すぐ蒼さんの記憶を消しゴムで消したい。こんなぷにぷにのお腹を見られたなんて最悪だ。胸だって……小さいって思われたかも。

だって、学生時代に蒼さんにつきまとっていた女の子たちはみんな背が高くて、グラマーだった。

しばらく立ち直れない。これから彼と一緒に暮らすなんて絶対無理だよ。

お風呂の中でひとり私は頭を抱えていた。

入浴を済ませると、一度部屋に戻って、結婚指輪をハンカチの上に置いた。

「入浴や家事で指輪が変色したり、傷ついたりしたら大変」

普段指輪をしまっておくケースも買わないといけない。結婚指輪のケースはあるけれど、普段使いには向かないのだ。

部屋を出ると、キッチンへ行き、夕飯の準備をした。

いつもお風呂に入ったら、もふもふの部屋着に着替えるが、蒼さんの前でさすがにそれはできないから、グレーの裏起毛のロングワンピースを着ている。

食事会は洋食だったので、和食がいいだろう。栗ご飯にぶりの照り焼き、豚汁、もずく酢、筑前煮。

蒼さんは好き嫌いがなくなんでも食べるが、ぶりの照り焼きと豚汁は彼の大好物らしい。なぜ知っているかというと、彼のお母さまに調査済みだから。

いつ蒼さんが現れるかわからないけれど、心を無にして作らなければ……。

これまでの失敗を挽回《ばんかい》するんだ。

集中して作っていると、急に耳元で声がした。

「すごくいい匂いがする」

「わあっ！」

ビックリして思わず持っていたおたまを落としたら、彼がすかさずキャッチした。

「おっと。悪い。驚かせたみたいで」

「……い、いえ。もうできたので、よかったら食べてください」

彼の登場で再びパニックになる。

さっきのこと、絶対頭にあるよね。もう、一瞬でパッと消えたい。

動揺しまくりの私とは対照的に、彼はいつも通り落ち着いた様子。

「テーブルに運ぶの手伝うよ」

ナチュラルに言われたけれど、私の方はテンパっていて彼の顔も直視できない。

「あっ、有栖川……蒼さんは座っててください」

手伝わせるのは悪いと思ったのだけど、彼は「ふたりでやった方が早く終わる」と淡々と言って、手に皿を持って運びだした。

「ありがとうございます」

こういう気遣い、昔と変わっていない。

「明日、寮の荷物引き上げるんだっけ？　俺も手伝おうか？」

いやいや、蒼さんに手伝わせるなんてとんでもない。週末とはいえ、彼だって新しい仕事のことを考えないといけないだろう。

「大丈夫です。荷物もそんなに多くないし、母も手伝ってくれるので」

「仕事、ずっと続けるのか？」

不意に彼がそんな質問をしてきたので、当然のように答えた。

「はい。仕事好きなので。あと、私と結婚したことは周囲には内緒にしてもらえますか？」

「……ああ。変に騒がれたくないよな」

私が婚約のことも周りに言わなかったせいか、彼は納得した顔で頷いた。

「はい」

一年後に離婚して、私はもとの姓に戻るのだ。公表したら、いろいろと厄介《やっかい》なことになる。彼だって伏せておく方が都合がいいだろう。

私は形だけの妻。今日の誓いのキスだってふりだけだった。

愛されていないのはわかっていたけれど、身をもって知った瞬間で、今思い出しても泣いてしまいそうだ。

ズキンと胸が痛い――。

「あの……私、コンビニにお醤油《しょうゆ》買いに行ってきます。先に食べていてください」

気詰まりを覚えて、彼にそう告げてキッチンを出る。

「え？　美雪？」

蒼さんに名前を呼ばれたが、振り返らずそのまま玄関に向かった。

玄関には彼と私の靴が並んでいた。蒼さんの靴のサイズは二十八センチ。私は二十四センチだから、彼の靴がかなり大きく感じる。

私たち本当に結婚したんだ。……でも、心は全然繋がっていない。

靴を履いてマンションを出ると、トボトボと歩いて近くのコンビニに向かった。

もう空はすっかり暗くなっていて、気温も下がっているせいか、ブルッと震える。

コート羽織ってくればよかった。あっ、お財布もスマホも忘れた。

でも、マンションに取りに戻る元気がない。

コンビニに入ると、雑誌売り場に行き、何気なくファッション雑誌を手に取った。

パラパラとページをめくるが、なにも頭に入ってこない。

悲しいことは考えず、嬉しかったことを考えよう。

今日は蒼さんのタキシード姿を見られた。美雪って初めて呼んでもらえた。

彼とヴァージンロードを歩いた。彼のために夕食を作れた。

それから……、彼が私だけに微笑んでくれた。

うん、うん、これで充分。私は彼の応援団。彼の夢を叶えるお手伝いをするのが私の夢であり、生き甲斐《がい》なのだ。

彼はこれから多くのものを背負っていかなければならない。できるだけサポートしなきゃ。それで、彼にずっと笑っていてもらいたい。彼が幸せでいてくれたら、それ以上は望まない。

もう大丈夫。そろそろ帰ろう。

雑誌を棚に戻してコンビニを後にしようとした時、大学生くらいの二人組の男の子に声をかけられた。

「お姉さん、一緒にカラオケ行かない?」

「ずっとコンビニにいたけど暇なんでしょ?」

ふたりとも背が高く、ひとりは銀髪でもうひとりは赤髪。ナンパな感じで苦手なタイプだ。

「急いでいるので」

相手にしないよう早歩きして離れようとしたら、赤髪の男の子が私の手を掴んだ。

「待ってよ。そう警戒しないで一緒に遊ぼう」

ニヤリと笑う彼が怖くて手を振り払おうとするが、相手の力が強くて解けない。

「は、離してください」

「お姉さん、そんな怖がらなくても大丈夫だって」

銀髪の子が笑ってそう言った時、赤髪の子が「痛てて！」と呻《うめ》いた。

驚いて目を向ければ、蒼さんが腕を捻《ひね》り上げていて……。

「失せろ。これ以上妻に絡むようなら警察を呼ぶ」

怒気を含んだ声で言って、男の子たちを睨みつけている。こんなに怒っている蒼さんを見るのは初めてだ。

「「は、はい」」

蒼さんの眼光に怯《ひる》み、男の子たちはこの場を去っていく。

そのことにホッとしつつ、些細なことが気になって蒼さんに尋ねた。

「蒼さんでも『失せろ』なんて不良みたいな言葉遣うんですね？」

私の質問に彼は一瞬目をパチクリとさせると、突然脱力した様子で私の肩に寄りかかってきた。

「……美雪、今の状況わかってるか？」

少し呆《あき》れが交じった声で聞かれ、彼が密着してきてドギマギしつつも、迷惑をかけたことを謝る。

「は、はい、ごめんなさい。面倒かけてしまって」

「面倒とかどうでもいい。コンビニからなかなか戻らないから心配して来てみれば、男に絡まれてるし……ああ、もう焦った」

ハーッと息を吐きながら、彼は顔を上げて私に目を向ける。

「蒼さんでも焦ることがあるんですね？　それに、鬼みたいに怒ってる蒼さん初めて見ました」

心から驚いて言う私を見て、彼はスーッと目を細めた。

「普段いろいろムカつくことがあってもあまり顔に出さないようにしてるけど、ここまで怒ったのは初めてだよ。ああ、コートも羽織ってないじゃないか」

蒼さんが自分が着ていたジャケットを脱いで、私にかける。

「あっ、私は平気ですからいいですよ」

慌てて返そうとしたら、彼が衝撃の言葉を放った。

「俺が平気じゃない。いいから俺のために着てて」

女殺しなその台詞《せりふ》に心臓がトクンと跳ねる。

「……はい。ありがとうございます」

反論できずに素直に従ったら、蒼さんが私の手を握ってきた。

「……蒼さん？　手……なんで？」

ビックリして片言になる私に、彼が当然のように言う。

「またどっか行かれて男にナンパされたら困るから」

「うっ……ごめんなさい」

申し訳なく思って謝る私の手に、彼が目を向ける。

「お醤油買いに行ったのに手ぶら？」

「お財布忘れちゃって……」

彼の指摘に狼狽えて小声になる私。

「美雪ってしっかりしてるように見えて抜けてるな。携帯も忘れただろ？　連絡つかなくて参ったよ」

蒼さんにこんなにはっきり言われたのは初めてだ。かなり呆れられている。

「返す言葉もございません」

しゅんとして俯《うつむ》く私に、彼が今夜の懸案事項について触れてきた。

「昨日も言ったけど、俺はソファで寝るから寝室は美雪が使って。俺と一緒だと緊張するだろ？」

「それは絶対にダメですよ。私、どこでも寝られるので」

ソファでなんか彼を寝かせられない。

「だから、それだと俺が平気じゃないんだよ」

蒼さんは引かないが、私だって譲れない。彼をじっと見据えて言い返した。

「私だって平気じゃありません」

「じゃあ、俺と寝室で一緒に寝るしかないな」

ニヤリとする彼の言葉に驚き、「へ？」と間の抜けた声を出して私は絶句する。

な、なんでそうなるの～⁉

結婚指輪を失くしました

「今週は俺、帰りが遅くなると思うから、美雪は先に寝てていいよ」

蒼さんの話を聞いて、同情するように言う。

「帰国早々忙しいんですね」

先に寝てていいということは、帰宅が深夜近くになるということ。なのに、彼は平然とした顔で言うのだ。

「まあ、いろいろ勉強しなくちゃいけないから」

次の週の月曜日、朝食後に蒼さんとそんなやり取りをしながら家を出て、マンションの正面玄関前で彼と別れた。

彼は秘書の中西さんと、社用車で丸の内の本社へ向かう。

一方私は、電車で研究所へ――。

蒼さんにはタクシーを使ったらと提案されたけれど、電車の方が時間に正確だからと言って断った。

それに、毎日タクシー通勤していたら、同僚に怪しまれるし、交通費が高くつく。

一年後に離婚するのに、そんな贅沢に慣れてはいけない。

目黒のマンションから三鷹の研究所までは、ドアツードアで約一時間。

八時十分に研究所に着くと、まず結婚指輪を外して、昨日買ってきたラベンダー色のケースにしまった。

「神崎さん、おはようございます」

田辺くんが挨拶してきて、慌ててケースをバッグに突っ込んだ。

「おはよう、田辺くん。今日早いね」

とっさに笑顔を作って挨拶を返すと、彼もニコッと微笑んだ。

「部長に実験見せるので」

「そういえばそうだったね」

「あの……、神崎さん、うちの御曹司と知り合いなんですか？　金曜日に御曹司にどこかに連れていかれたから」

ああ～、金曜日。突然御曹司に連れていかれたら、何事って思うよね？

「そ、そう。知り合い。同じ学校だったの」

御曹司の妻だが、本当のことは言えない。

どうかこの説明で納得して。つっこまれたら困るの。

「……そうなんですね。へえ」

ちょっと怪訝な顔をされたけど、田辺くんは追及してこない。

「私が通っていた学校、社長の子供とかお医者さんの子供とか多くて」

そんな話をしてみたら、彼が興味を示した。

「え? じゃあ、神崎さんも実は社長令嬢とか?」

「全然。私の父もうちの会社で働いてるの。本社だけどね」

「それは初耳です。親子でARSってどんだけうちの会社好きなんですか」

田辺くんの言葉に、軽い調子で相槌を打つ。

「ホントにね～」

「じゃあ僕、ちょっと実験室に」

立ち去る田辺くんを見送ると、ハーッと息をついた。

私が蒼さんと結婚したと言ったら、会社のみんな驚くだろうな。

でも、現実は結婚というより同居。

蒼さんが『じゃあ、俺と寝室で一緒に寝るしかないな』なんて一昨日言ったけど、実際に寝室を使っているのは私ひとり。

一緒にベッドには入るが、彼は仕事のメールが来たとかなんとか言ってすぐに寝室を出ていく。で、朝起きると、私ひとりベッドで寝ているのだ。

彼がベッドで寝た形跡はない。

これは由々しき事態。私がベッドを占領したら、彼がゆっくり休めないじゃないの。

多分、私がソファで寝たとしても、結局は彼に寝室のベッドに運ばれる。

彼より遅く寝るというのは、普段十二時に寝ている私には難しい。昨日の晩だって頑張って午前一時まで起きていたのに、彼は書斎から出てこなかったのだ。

実家に帰るわけにはいかないし、寮だって昨日引き払ってしまった。

あ～、どうしたら彼をベッドで寝かせられるの？

悩みながらも今日の業務を淡々とこなしていくが、午後になって急に周囲がバタバタしだした。隣の個室でデスクワークをしていた高野部長もスーツのジャケットを羽織って出てきてネクタイを直す。黒のスクエアフレームのメガネをかけた部長は真面目で優しい上司で、部下からも慕われている。

「あの、どうされたんですか？」

重要来客だろうか？　でも、そんな予定はなにも聞いていない。

部長に尋ねると、少し緊張した面持ちで返された。

「今、所長から電話があって副社長が来るんだ」

「副社長っていましたっけ?」

そのポストは、今は空いているような?

首を傾げながら聞き返したら、部長も少し戸惑った様子で答える。

「今日付で社長のご子息が就任したそうだ」

……蒼さん、副社長になったんだ。全然知らなかったな。

部長と話していると、所長が蒼さんや中西さんを連れてこちらにやってくる。

蒼さんが私に気づいて目を合わせてきたけれど、思わず逸らしてしまった。

彼と職場で会うなんて心臓に悪い。本社で専務をしている父に会うのとはまた違った気まずさを感じる。

考えてみたら、私が入社したその年に彼はアメリカに赴任してしまったし、こういう状況は慣れていない。

「高野部長、君のところの制御システムを副社長にお見せしてほしい。副社長は研究開発担当で、モータースポーツ事業の責任者も兼任されるんだ」

所長は蒼さんがいるせいか、いつもより張り切った様子で高野部長に命じた。

「はい」

所長の言葉を受けて、部長が蒼さんに挨拶する。

「電子システム開発部部長の高野です」

「有栖川です。来年プレス発表予定の制御システムを見せてもらいたいのですが」

蒼さんがにこやかに部長と話をしているのをじっと見ていたら、所長が私に目を向けた。

「あっ、神崎さん、副社長は定期的にお見えになるから、研究所での副社長の担当をお願いするよ。君が一番適任だからね」

その含みを持たせた言葉を聞いて、困惑気味に返事をした。

「……はい」

この口ぶり、金曜の件もあったせいか、所長は私と蒼さんが結婚したことを知っているのかもしれない。だとしたら、後で口止めしておかないと……。

「よろしくお願いするよ、神崎さん」

蒼さんがニコッと笑って挨拶してきて、ペコリと頭を下げた。

「はい。よろしくお願いします」

笑顔だけれど、これは一種の営業スマイル。蒼さんは内心どう思っているのだろう。

別の人が担当の方がよかったのではないだろうか？

家でも研究所でも私と顔を合わせていたら、気が休まらないのでは？

私から所長に他の人に代えてくださいと頼むべき？

でも、他の人が担当になるのは私の心中が穏やかではない。

もしそれが女子社員だったら、絶対に蒼さんに恋をしてしまうだろう。

あ～、私もどっちがいいのよ。

彼がアメリカにいた時は、ひと目でも顔を見られたらって、いつも思ってた。

出張でアメリカ支社に行った父から蒼さんの写真をもらって、それを毎日眺め、思い出の中の彼をずっと頭の中で再生して……。

そうよ。結婚のゴタゴタで忘れていた。蒼さんが目の前にいることがどんなに貴重なことかって。

一年経って離婚したら会うことだってなくなる。今、この目にしっかりと彼の姿を焼きつけておかなくては……。

「……雪、美雪、これから実験室に移動するよ」

耳元で蒼さんの声がして、反射的に「キャッ！」と叫んで大きく仰け反ったら倒れそうになり、彼に抱き留められた。

「大丈夫か？」

「だ、大丈夫です。すみません」

パッと蒼さんから離れて、胸に手を当てる。

心臓がバクバク。職場でいきなり下の名前で呼ぶなんて反則ですよ。

「気をつけて」

蒼さんが気遣うように声をかけるが、その目は笑っている。なんだか確信犯的な笑いだ。

こんな表情、初めて見る。

私が知っている彼は常に冷静沈着で、誰も寄せつけない空気を身に纏っていて、あまり人に興味を示さない。

ううん、私が知らなかっただけなのかも。小さい頃から彼だけを思ってきたけれど、親しかったわけではないから。

実験には私も立ち会ったが、蒼さんは部長や研究者たちの説明を聞き、積極的に意見を交わした。

「このシステムを搭載すれば、どんな道路状況や天候であっても安定した走行性を確保でき、車の事故を四十パーセント減少する効果があります」

研究員の説明に、蒼さんが顎に手を当てながら頷いた。

「なるほど。データを見ると、コーナーでのアンダーステアやオーバーステアもほとんどなく安定していますね。一般車に導入する前に、レースカーでまず試したい。高野部長、いつから使えますか？」

蒼さんに聞かれ、部長が少し考えながら答える。

「そうですねえ、来年の二月には」

なんだか急に話が進んだ。周りにいる研究者たちも目を輝かせている。

レースというのは一種の宣伝だ。当然ながらレースで優勝すれば、うちの車の安全性が世界に認められることになる。

蒼さんは研究者たちとかなり専門的なことまで話し合っていて、私は横にいても内容がよくわからなかった。

研究者でもないのに対等に議論できるなんて、やっぱり彼はすごい。

改めて惚れ直した私。

その後、所長室の隣にある会議室で、蒼さんと話をした。中西さんは気を利かせたのか秘書室に挨拶に行っている。

「副社長になるなんて知りませんでした。あと、ここでは神崎でお願いします。誰が聞いてるかわかりませんから」

努めて秘書モードで接する私を見て、彼は悪戯《いたずら》っぽく目を光らせた。

「悪い。ちょっと驚かせたくて。でも、先週の金曜日の方がビックリしてたな」

「だ、だって、なんの前置きもなく四年ぶりに現れるんですもん。幻かと思いましたよ。……それにしても、夢に近づけましたね。開発やレースの方にも携わりたかったでしょう？」

出会った時だってエンジンの本を読んでいたし、カーレースにも興味を持っていて蒼さんのおじいさまに誘われ、彼と一緒にレースを観戦したこともある。

私がそんな話をしたら、彼がまじまじと私を見つめてきたので、ひどく動揺した。

「そ、蒼さん？　どうかしました？」

「なんでもない。美雪も今、俺のこと蒼さんって呼んだ」

彼に指摘され、ムキになって言い訳する。

「それはわざとじゃなくてとっさに……」

「その呼び方が自然になったってことだよ。いい傾向だ。ふたりだけの時は下の名前でいいから。俺の前で他人のふりをする必要はない」

彼の言葉がなんだか胸にジーンときた。

「あの……私が担当でよかったんですか？　不都合があれば別の人を」

蒼さんの気持ちを確認すると、彼が私をじっと見つめてくる。

「俺は美雪がいい。俺の担当は嫌なのか?」

その美しい琥珀色の瞳で問いかけないでくれますか? 心臓がおかしくなりそうです。

「そんなことは……」

少しずつ視線を逸らしたら、彼につっこまれた。

「俺が見つめると、どうして必ず目を逸らす?」

率直な質問をされ、回答に困った。

「どうしてって……、その……蒼さんが美形すぎるからです! 私は平凡な顔だから、見られると恥ずかしくて……」

ダメだ。耐えられない。

両手で自分の顔を隠そうとするが、彼に両手を掴まれて阻まれた。

「自分の顔、鏡で見たことあるか?」

「何万回も見ています! 私の顔のことはいいんです。あの、ここで私たちの関係を知っている人はいますか?」

素早く話題を変えると、彼はしつこく絡まず、私の手を離しながら答える。

「所長と、本社の方は役員も知ってる。まあ、一応会長と社長には口止めしてるけど」

私も父には言わないよう強く言ってある。

「なにか困ったことになったら遠慮なく言ってほしい。あと、研究所には週に一回顔を出す予定だから、スケジュールについては中西と連絡を取って」

「はい。わかりました。あの……睡眠ちゃんと取れてます？」

今日も私がベッドを使ったし、彼が本当に眠れているのか心配だ。

「ああ。基本道端でも寝られるから」

蒼さんが真顔でジョークを言うが、笑わずに彼をじっと見据えた。

「道端で寝られても困ります」

絶対にベッドで寝かせなきゃ。

珍しくはっきり意見を言う私を見て、彼が小さく笑った。

「さすがにやらないけどね。会社で奥さんと話すのも新鮮でいいな。しかも俺たちの関係は周りに秘密だし」

どこか楽しげに聞こえるその声。

部屋にはふたりだけだから、なんだかすごく緊張してきた。

「わ、私は心臓が持ちませんよ。今も誰か入ってきたらってドキドキ……あっ、結婚指輪してるんですね」

蒼さんの顔を直視できず、視線を彷徨《さまよ》わせていたら、彼の左手の結婚指輪が目に入った。

驚かずにはいられない。彼にとっては望まない結婚だろうに。

「結婚してるから。でも、美雪はしてないな」

少し咎《とが》めるように言われて、動揺した。

「そ、それは秘書の子たちに質問攻めにされるから……」

とっさにそんな言い訳をするが、声が尻すぼみになる。

「指輪は外しても、結婚したことは忘れないように。美雪はモテるからね。だから、これは虫除けだ」

蒼さんの目が妖《あや》しく光ったと思ったら、彼が私の左手首を掴んでゆっくりと口づける。

柔らかくて、どこか官能的――。

唇が手首に触れている間も、彼の目は私を見ていた。いや、正確には捕らえていたと言っていいだろう。

妖艶な美しさを持ったその双眸から目を逸らせなかった。

金縛りにあったかのように動けず、瞬きをすることさえできない私を見て、彼がうっすら口角を上げる。

「知ってた？　美雪の服に値札のタグがついてる。髪の毛で隠れて他の人には気づかれなかったみたいだけど。そそっかしいな、美雪は」

蒼さんがおもしろそうに指摘したかと思ったら、首筋に生温かい彼の吐息が当たって、ドキッとした。

ち、近い！

このままだと呼吸困難になりそう。どう息を吸っていいのかわからない。

なにも言い返せずそのまま固まっていたら、ガチャとドアが開いて中西さんが入ってくる。

「悠馬、ちゃんとノックするように」

顔をしかめながら中西さんを注意すると、蒼さんは何事もなかったかのように私から離れた。

た、助かった。だけど、変なところを中西さんに見られてしまった。後で忘れずに値札タグを取ろう。顔が熱い……。

「お楽しみ中だったか？　悪い」

中西さんがニヤニヤしながら謝るので、慌てて否定した。

「ち、違います！　私はこれで失礼します！」

ふたりの顔を見ずに逃げるように部屋を出ると、エレベーターの中でしゃがみ込んだ。

「もう、私の心臓おかしくなりそう」

私が知ってる蒼さんじゃなかった。彼が身に纏っていた空気だって違っていたように思う。中西さんが来なかったらどうなっていたのだろう。

ハーッと息を吐いて火照《ほて》った顔に手を当てようとしたら、左手首に赤紫の痣《あざ》ができているのに気がついた。

これってキスマーク？　道理で強く吸われているなって思った。

指輪よりも目立つでしょう？

蒼さん……なにを考えてこんな真似をしたんですか？

顔の熱がますます上がる。きっと茹《ゆ》でダコみたいに真っ赤になっているに違いない。

夫と同じ職場って危険だわ。

その日はハラハラしながら仕事をしていたが、蒼さんたちは午後五時過ぎに本社に戻っていった。

私は定時に仕事を終わらせると、マンションの近くのスーパーで買い物をし、帰宅してから蒼さんにお弁当を作った。

肉巻きおにぎり、卵焼き、タコさんウインナー、茹でブロッコリー、ミニトマト、卵サンドとハムサンド。

タコさんウインナーは、お母さまが蒼さんの大好物だと言っていた。

中西さんも食べるだろうから、二段お重に入れて出来上がり。

風呂敷に包むと、すぐに本社へ——。

ビルに着いてから社員証を忘れたことに気づいたが、中西さんが偶然受付の前を通りかかった。

「中西さーん！」

慌てて彼を呼び止めると、早速からかわれた。

「あれ、奥さまどうされたんですか？」

奥さまという呼び方にギョッとして、あたふたする。

「ああ、もうやめてください。これお弁当なんですけど、蒼さん……いえ、副社長に渡していただけないでしょうか？　よろしければ中西さんもご一緒に」

口早に言ってお重の入った風呂敷包みを差し出すと、彼がフッと微笑しながら受け取る。

「直接渡せばいいのに」

「それだといろいろ噂になりますから。どうかお願いします」

周囲が気になって声を潜めるが、中西さんは構わず私を副社長夫人扱いする。

「愛人じゃないんだから、副社長夫人らしく大きな顔してればいいじゃないですか」

「私はそういう器じゃないんです」

ああ〜、一刻も早くこの場から去りたい。中西さんもイケメンだから周囲の視線を集めるのだ。だから、彼と一緒にいるだけで目立ってしまう。

「へいへい、わかりました。帰りの車手配するので、勝手に帰らないでくださいよ。でないと渡しませんよ」

意地悪く言われ、なにも言い返せない。

「ううっ……」

中西さんって、蒼さんの秘書だけあって私の性格をわかってる。素直に帰してくれない。

「で、副社長夫人ってバレたくないから結婚指輪もしてないと？」

中西さんが私の左手に目を向けて、指輪のことに触れてきたのでハッとした。

「あっ……料理するのに傷がつくかと思って……」

そうだ。指輪……。料理する前に外したんだっけ？

お弁当を作ることしか頭になくて、いつ外したか記憶にない。

うーん、と必死に記憶を辿《たど》っていると、中西さんに呼ばれた。

「奥さま、車の準備ができました」

彼が私を黒塗りの社用車まで恭《うやうや》しくエスコートするが、今すぐこの場から逃げ出したかった。

中西さん、わざとやってませんか？

彼に見送られて会社を後にすると、車のシートに持たれながら嘆息した。

こっそり渡すつもりが余計目立ってしまった。

社用車で送られるくらいなら、父を呼び出せばよかったな。今度からそうしよう……って、それよりも指輪！　どうかキッチンにありますように。

マンションに戻ると、まっすぐキッチンへ行く。

シンクの奥に指輪専用の小さなトレーを置いてあるのだけれど、そこに指輪がなくて青ざめた。

「え？　え？　私、どこやった？」

両手を頭に当て、必死に考える。

最後に見たのはいつ？　会社から帰ってきた時はしてた？

してなかったような……。

自分のバッグの中も確認するが、いつも入れているポケットにも入っていない。

バッグの中身を全部出して探すけど見つからず、血の気が引いていく。

「ない、ない、ない……。どこにあるの？」

もうパニックだった。

ここにないとすれば会社？　ああ〜、落ち着け。落ち着け。冷静に考えよう。

そういえば、今朝会社で外してラベンダー色のケースに入れたのだと思い出す。

自分で買ったアクセサリーなら、明日会社で確認すればいいが、結婚指輪はそうはいかない。しかも、あの指輪は有栖川家の特注品。市販されていないのだ。

「会社に戻らないと」

掛け時計を見ると、午後十時過ぎ。

蒼さんが帰宅する前に戻ってこられるだろうか？

ううん、今はそんなこと考えてる場合じゃない。指輪を見つけなきゃ。

急いでマンションを出て、電車で三鷹に向かう。

会社に着くと、正門の前にいた守衛さんに「なにか忘れ物？」と聞かれた。

「はい、ちょっと」と苦笑いして、自分のオフィスへ。

まだ仕事をしている研究員さんがいて、驚いた顔をされた。

「あれ、神崎さん、帰ったはずじゃあ？」

田辺くんも私に気づいて、声をかけてきた。

「うん。一回家に帰ったんだけど、忘れ物して戻ったの」

できればそっとしておいてほしい。

「わざわざ戻ってくるなんてスマホでも忘れたんですか？」

スマホではないけれど、結婚指輪を忘れたとはさすがに言えなくて、曖昧《あいまい》に返事をする。

「まあ、そんなところかな。田辺くんはまだ帰らないの？」

「今帰るとこです。一緒に帰ります？　駅までちょっと暗いですし」

私を気遣う田辺くんに、笑顔で返した。

「ありがと。でも、ついでにメールをいくつか打っておこうかなって思って。先帰っていいよ。お疲れさま」

「気をつけて帰ってくださいね」

「うん」

まだ心配そうに私を見ている田辺くんに返事をして手を振ると、デスクの一番下の引き出しを見た。

どうか指輪がありますように。

だが、引き出しに指輪のケースはない。

え？　嘘でしょう？　ここにないなら、どこにあるの？

まだ結婚して一週間も経ってないのに、指輪をなくしたなんて言えない。

なんとしても見つけなきゃ。


その後、スマホのライトで道を照らしながら、研究所の外を捜して歩いた。

守衛さんに「どうしたの？」と不審そうに聞かれて、乾いた笑いを浮かべながら答える。

「ちょっと落とし物を」

そのまま駅まで向かうが、見つからない。

駅員さんにも問い合わせたけど、落とし物では届いていなかった。

もうすぐ終電の時刻だ。でも、指輪がなければ帰れない。

半泣きになりながらまた研究所に戻り、守衛さんに尋ねた。

「あの……ラベンダー色のケースの落とし物なんてないですよね？」

「うーん、ないね。見つけたら連絡するから、もう帰りなさい」

守衛さんが優しく言葉をかけてくれたけど、従えなかった。

「もう一回、オフィスを捜してみます」

力なく笑って再びオフィスに戻り、デスクのそばで床に這《は》いつくばって捜していたら、思わぬ人の声がした。

「深夜のオフィスでなにしてるんだ？」

え？　そ、蒼さん？

「なんで……？」

上体を起こして振り返ると、壁にもたれて腕を組んでいる蒼さんがいて、あんぐり口を開けた。

俺の奥さんが消えました　―　蒼side

「深夜のオフィスでなにしてるんだ？」

　午前零時過ぎ。

　家に帰宅しても美雪の姿がなくて、自分で車を運転して慌てて研究所に向かうと、彼女が自分のデスクの下に潜っていた。

　家のキッチンの電気はついたままだったし、なにか事件にでも巻き込まれたのかと心配したのだが、目の前にいる彼女を見てとりあえず安堵する。

「なんで……？」

　俺の声に驚き、彼女が身を起こして振り返った。

　心配、安堵、怒り、呆れ……。いろんな感情が頭の中でごちゃまぜになっている。

　祖父が倒れたと聞かされて帰国した時よりも、心臓がバクバクしていた。

　三時間前――。

『……ああ。そうだ。ルイス・パーカーにうちのレーシングチームを見てほしいんだ。

彼は今東京にいる』

レーシング部門も担当することになったため、俺は本社の執務室でＡＲＳチームのスタッフとウェブ会議をして、今後の運営について話し合っていた。

うちのチームは過去に何度も優勝してきたが、ここ五年くらいはずっと最下位争いをしている。チームを大きく変えるようなテコ入れが必要だ。

『ですが、彼はどんなオファーも断っているという噂ですよ』

俺の話に、あるスタッフが難色を示す。

その噂は誰でも知っている。

ルイス・パーカーは元ＣＦ１ドライバーで、俺が中学生の頃うちのチームに在籍し、三度ワールドチャンピオンになったことがある。だが、十年前に彼はレースによる事故で負傷し引退。それ以降、表舞台から姿を消していた。

『うちのマシンやドライバーを見たら、彼も考えを変えるさ』

来季用のマシンの出来は上々。ドライバーも去年のワールドチャンピオンを引き抜いたし、あと必要なのは有能な舵《かじ》取り。ルイス・パーカーならうちのチームを優勝に導いてくれるだろう。なぜなら彼は天才なのだから――。

『変えなかったらどうするんですか？』

その弱気な発言を聞いて、溜め息交じりに返す。

『何事もやってみなければわからないだろう？　ネガティブな発想はするな。とにかく彼とコンタクトを取ってくれ。交渉は俺がする』

負け癖がついているのか、スタッフの士気が下がっているように感じる。

うちのレーシングチームの低迷の原因のひとつかもしれないな。なんとかこのムードを変えないと。

ウェブ会議を終わらせると、ノックの音がして風呂敷包みを持った悠馬が入ってきた。

『ちょっと食事にしよう』

悠馬がそう声をかけ、風呂敷包みを執務デスクの横の四人掛けのテーブルに置く。

『その風呂敷包みは？』

席を立ち、隣のテーブルに移動しながら悠馬に尋ねる。

『お前の奥さんからのお届け物』

『え？　美雪がここに来たのか？』

まさかの答えが返ってきて、つい聞き返した。

『ああ。さっき帰ったけどな』

『ひとりで？』

もう夜の九時過ぎ。彼女がどうやって帰ったのか気になって確認する。

『嫌そうだったが、もう遅いから社用車で帰ってもらった』

嫌そうというのが実に彼女らしい。

『そうか。ありがとう。で、その中身はなんだ？』

わざわざ風呂敷に包んで持ってくるなんて、どうしたのだろう。

彼女の行動がわからず戸惑う。

『弁当だとよ』

悠馬がそう答えながら風呂敷包みを開ける。

普通、弁当といえば、コンパクトな弁当を想像するが、目の前にあるのは二段の重箱に入った、見た目も豪華な弁当。肉巻きのおにぎりやサンドイッチ、その他色とりどりのおかずが敷き詰められている。

『すごいな。正月のおせちみてえ。どこかデパ地下ででも買ってきたのか？』

弁当を見て驚いた顔をする悠馬の言葉をすぐに否定した。

『いや、彼女が作ったんだ。タコさんウインナーがあるだろう？』

昔懐かしの赤いウインナーを指差す。

それは、俺が小学生の時に、母に好きだと伝えたもの。

高校生になっても母は俺の弁当にタコさんウインナーを入れていた。

さすがに高校生になってまで……と思ったものだが、母もよかれと思ってしていたことなので、なにも言わなかった。

だから、美雪は俺の好物と母から聞いて、弁当に入れたのだろう。

彼女だって仕事をしているのに、こんな豪華な弁当を作って……。しかも、俺に内緒でこっそり届けに来るところが彼女らしい。

『これ、全部作って持ってきたのか？　相当愛されてるな、お前』

ニヤニヤ笑って悠馬が俺をからかってきたけど、なにも言い返さず、じっと弁当を見つめた。

どんな思いでこれを作ったのか……。

『おい、急に黙ってどうした？』

悠馬が俺の反応がないのを不思議に思ってつっこんできた。

『彼女って……俺のことが好きなんだろうか？』

彼に問いかけるというよりは自問自答する。

それは、結婚してからずっと考えていること。

『は？　なにを言ってる？』

首を傾げて聞いてくる彼に、淡々とこれまでの経緯を話す。

『婚約者になってから目もまともに合わせてくれなくて避けられていたから、ずっと俺のことが嫌いなのかと思っていた。それで、一年したら離婚しようって言ったら泣かれたし……』

花粉症とかハウスダストのせいとか言い訳してたけど、原因は明らかに俺の離婚しようという言葉。

『はあ？』

俺の話に悠馬が思い切り顔をしかめるが、構わず話を続ける。

『一年間の結婚も耐えられないほど俺が嫌なのかと思って誓いのキスもふりだけにしたら、なぜか彼女が式の途中から急に元気がなくなって、チャペルを出た時にまた泣かれた』

泣かせるつもりなんて全然なかった。

二度も泣かれてショックだったし、その理由を必死に考えた。

感極まってとは言ってたけど、誓いのキスが終わってから暗くなったのを考えると、直接口に口づけなかったのが原因じゃないかって……。

『お前……どこからつっこんでいいかわからんわ』

救いようがないとでも言いたげな顔で、悠馬が俺を見る。

『最後まで聞けよ。でも、式を挙げてから、美雪はずっと俺のことが好きだったんじゃないかって思い直した。小さい頃に語った俺の夢を覚えてるし、俺が触れただけで顔が赤くなる。そしてこの弁当』

確証がなくて、式後は美雪のことを注意深く観察し、手を掴んでみたり、手首にキスマークをつけたりして反応を見たが、この弁当で俺の考えが正しいと改めて思った。

女性に触れるのも、触れられるのも好きではないが、彼女が相手だと不思議と積極的な行動に出てしまう。男の本能によるものなのか、彼女がずっと俺に対して逃げ腰の姿勢を崩さないからだろう。

『お前、気づくの遅すぎだ。見てわかるだろう?』

呆れ顔で彼に言われて、心の底から深い溜め息をついた。

『そうだよな。……俺って馬鹿だ』

自分をこんなにも愚かだと思ったことはない。どうしてもっと早く気づかなかったのだろう。

一年で離婚すると言われ、式でもキスはふりだけ。

俺が好きなら、祖父が自分勝手に決めた結婚だとわかっていても傷つくに違いない。彼女を守るつもりが、逆に悲しませてしまった。

『彼女、いつだって恋する女の目でお前を見てるぞ。お前と目が合うと、視線をすぐに逸らすがな』

『今もあまり合わせてくれないから理由を聞いたら、俺と目を合わせるのが恥ずかしいと言っていた』

『ああ。見るからに純情そうだもんな。まあ、お前が誤解してたのも仕方ないか。お前を好きな女どもっていつも積極的にアプローチしてくるし、婚約してなかったらもっと大変な事態になってただろうな』

そう。今まで俺を好きだと言ってきた女たちは、俺に婚約者がいると知っていても家まで押しかけてきたり、振っても何度も告白してきたり……とあまりにもしつこくて辟易していた。

こちらが対応に苦慮するくらい絡んでくるが、美雪の場合は俺から離れていく。おまけに結婚するまであまり話さなかったから、彼女がなにを考えているのかわからなかった。

でも、同居して、ようやく彼女のことが少しずつわかってきた。

美雪は俺ファーストで行動する。

寝室だって俺に譲ろうとするし、食事だって俺の好きな献立にする。一年後に離婚することを考えて、俺の嫁アピールも一切しない。

もう健気すぎて胸が痛くなる。

美雪を傷つけたことを謝りたくても、今はできない。

なぜなら彼女に好きだと言われていないから。

俺のことをいつから好きになったのかはわからないが、俺を避けるその態度が好きの裏返しだとすれば、婚約当初から彼女は俺を好きだったことになる。

だが、そのことを今まで隠してきたわけで、俺が気づいたと知ったら、あの様子だと逃げ出すかもしれない。

『今は後悔しかない。婚約してからずっと美雪を放置してきたようなものだから』

学校も部活も一緒だったから、そっと見守ってはきたが、彼女が嫌がると思って婚約者として振る舞うのは避けていた。

『これからどうするつもりだ？』

悠馬に問われ、美雪の顔を思い浮かべながら答える。

『彼女が笑ってくれるよう頑張るよ。それこそ仕事以外の時間はすべて彼女に捧げる覚悟だ』

『ほお。昔は女なんて面倒って言ってた奴が変わるもんだな』

意外そうな顔をして悠馬が俺を弄ってきたが、相手にせず真剣に返した。

『こんな弁当を作ってもらって面倒だなんて思わない。衝撃を受けたっていうか、感動した』

仕事で疲れてるのにこんな豪華な弁当を作って、どんだけ俺が好きなんだって……。

美雪は口では言わないが、行動で俺に告白している。

まあ、本人は弁当で好きと伝えているつもりはまったくないだろうけど。

『いただきます』

手を合わせると、まず肉巻きおにぎりをつまんで食べた。

『……美味《おい》しい』

俺好みの味だ。

『じゃあ、俺も』

悠馬が弁当に手を伸ばしてきたので、スーッと目を細める。

『誰が食べていいって言った？』

『お前の奥さん。どうせお前ひとりで全部食えんだろうが』

奥さんという言葉がなんだか耳に心地いい。

『美雪が言ったのなら仕方ない』

渋々許可すると、悠馬がジーッと俺を見据えた。

『お前、惚気《のろけ》てるよな？　指輪だって嬉しそうにはめてるじゃないか』

『まあね』

最初は女除けになると思ってつけていたのだが、意外とつけ心地がよく、気に入っている。それは多分、俺がこの結婚を受け入れているせいではないかと思う。

美雪が好きとか愛してるとかいう強い感情は持っていないが、大事には思っている。

俺が女性に対してそう思うことは珍しいこと。

そういえばこの前彼女がナンパされるのを見て、ひどく焦った。

――絶対に渡さない。

あの時俺の頭を支配した感情は、一種の独占欲だろうか？

形だけとはいえ俺の妻だからそう思ったのか。それともただの庇護欲だったのか……。彼女は昔からよく階段を踏み外しそうになったり、迷子になったりと危なっかしいところがあったからな。

『そういえば、望月沙也加《もちづきさやか》が今週出張でこっちに来るそうじゃないか』

俺が考え込んでいたら、悠馬が思い出したように言うので、ハッとして軽く返した。

『らしいな』

望月沙也加というのは、アメリカ支社にいた頃の俺の同僚。同い年で頭も切れて、俺は彼女に一目置いていた。

『なにその他人事のような返事？　お前と彼女、仲よかっただろ？』

『同僚としてだ。それ以上でもそれ以下でもない』

きっぱり言うが、悠馬は含みを持たせた言い方をする。

『彼女はどう思ってるかなあ？』

『興味ない。俺は結婚してるし』

女性関係で揉めたくない。今は新しい仕事と美雪のことで頭がいっぱいだ。

冷ややかに言ってこの話を終わらせ、話題を変える。

『ところで、ルイス・パーカーの件で急な予定が入るかもしれない。調整頼む』

『了解。うまくいくといいな』

仕事モードの顔で返事をする悠馬を見て、『ああ』と小さく頷いた。

その後、デスクワークを済ませて十一時に帰宅すると、玄関に美雪の靴がなくて首を傾げた。

『社用車で帰ったはずなのに、なんで靴がない？』

キッチンの方の明かりはついていて、玄関を上がるとキッチンへ。

しかし美雪の姿はなく、ドアの横にラベンダー色の小さなケースが転がっていた。

『なんでこんなところに？』

中身は見ずにスーツのポケットに入れて美雪を捜すが、どこにもいない。

彼女の携帯に何度電話をかけても繋がらず、焦りを感じた。

なぜ出ない？　ちゃんと携帯は持っているんだろうな？

スマホのGPSを確認すると、研究所にいることになっている。実は週末に互いの居場所がわかるよう設定をしておいたのだ。

スマホを忘れて研究所に取りに戻った？　ここで考えてても仕方がないな。

すぐにマンションを出ると、車を運転して研究所へ向かったのだった。

「……なんで蒼さんがここにいるの？」

美雪の声がしてハッと我に返り、彼女の質問に答えた。

「家に帰宅してみればいないし、携帯にかけても応答がない。で、スマホのGPSでどこにいるか捜したら、研究所になってたから」

「ご、ごめんなさい。あ、あの……そのうち帰るので、蒼さんは先に帰っててもらえますか？」

ひどく動揺した様子で美雪が言うが、彼女をこのままにして家に帰れるわけがない。

「そのうちっていつ？　もうすぐ深夜一時だ。最初の質問に戻るけど、一体なにしてる？」

ついつい厳しい口調になってしまうのは仕方がないと思う。本当に心配したのだ。

「それは……その……」

俺の質問に答えるのを彼女はためらう。

見たところ残業をしている様子はない。なにかを捜しているように見える。

やはりスマホだろうか？　それとも重要書類をなくしたとか？

「俺も手伝うから言ってごらん。美雪を置いて帰れないよ」

今度は努めて優しく言うと、彼女が涙目で告白する。

「け、結婚指輪をなくしちゃったんです。家も捜したけど、見つからなくて……。本当にごめんなさい。疲れてるのに、迷惑かけちゃってごめんなさい」

彼女の言葉を聞いて、正直拍子抜けした。

「なんだ、指輪か。もう遅いんだから捜すのは明日でいいよ」

「よくないです！　有栖川家で用意した指輪で、替えなんかないんですよ！」

美雪が珍しく声をあげて反論するので、その剣幕に少々驚いた。

「指輪も大事かもしれないけど、俺としてはもうちょっと美雪に自分を大切にしてほしいな」

こんな状態では精神的に参ってしまう。

身を屈め、彼女を宥《なだ》めるようにギュッと抱きしめる。

「寒い中捜し回って、身体がこんなに冷えてるじゃないか」

空調はすでに切られていて、オフィスの中は肌寒い。

「そんなことはいいんです。指輪……見つけなきゃ。見つからなかったら申し訳が立たないです。ラベンダー色のケースに入れてたのに、どこに行っちゃったんだろう」

かなり気が動転している彼女の言葉を聞いて、思い出した。

ラベンダー色のケース？　そういえば、キッチンに落ちてたな。もしかしてこれのことか……？

抱擁を解いて、スーツのポケットに入れたケースを出して彼女に見せる。

「落ち着いて。美雪が捜してるのはこれか？」

「これ……どこで？」

これでもかっていうくらい大きく目を見開きながら彼女はケースを受け取り、俺に聞き返した。

「キッチンの床に転がってた」

俺の説明を聞きながら彼女はケースを開けて、中身を確認する。ちゃんと指輪が入っているのを見て、「よかった。……本当に」とホッとした顔で呟いた。

指輪ひとつで大騒ぎ。だが、それだけ彼女は結婚指輪を大事に思っているということ。

心から安堵している美雪がとてもかわいく思えて、ケースの中の指輪をつまんで、彼女の左手を取った。

「指輪は指にはめるものだ」

美雪の細い指に指輪を通すと、彼女が驚いた顔で俺を見つめる。

「蒼さん？」

「傷ついたって構わない。これはもう美雪のものだよ」

指輪をした美雪の手を握ったら、彼女が抑揚のない声で呟いた。

「私の……もの」

「前に一年経ったら離婚しようって話したけど、あれは撤回する」

離婚のことについて触れる俺を見て、彼女がキョトンとする。

「へ？」

「俺、誰も好きになったことがなかったから、結婚も乗り気じゃなかった。だが美雪と結婚して、考えが変わったんだ。ずっとこのままでいたい。だからこの結婚、続けないか？」

正直に自分の気持ちを伝えるが、俺の言葉が足りなかったのか彼女はそれを曲解する。

「ああ。離婚してもおじいさまにまた結婚をしろって言われそうですよね。他にも結婚してれば女除けになるし」

俺ってそんな打算的な男に思われているのか？　だが、ずっと彼女との関係を曖昧にしてきた俺が悪い。

「いや、そういうことじゃなくて、美雪を見てると、俺も頑張らないとって思えるんだ」

訂正してそんな話をしたら、彼女の瞳がキラリと光った。

「本当に？」

「ああ、本当だ」

優しく微笑みながら認めると、彼女が少し頬を赤くして俺に告げる。

「……それなら、蒼さんに好きな人ができるまでこの結婚を続けます」

彼女は俺に都合のいい条件をつける。

自分の幸せとか考えないところが彼女なんだよな。

「俺に好きな人ができるまで……か。わかった。さあて、もう遅いし、帰ろう」

美雪の手を握ってそう声をかけると、彼女がはにかみながら返事をした。

「はい」

「ところで夕飯はなにか食べた？」

俺の質問に、彼女が気まずそうな顔で答える。

「……まだです。バタバタしてて」

俺の弁当は作ったのに、自分のことは後回し。

「弁当美味しかったよ。こんなことなら少し残しておけばよかったな」

俺の話を聞いて、彼女がとても嬉しそうな顔をした。

「全部食べてくれたんですね」

「悠馬と一緒に食べたらあっという間になくなった。あいつ、俺よりもバクバク食ってたから」

恨みがましく眉間にシワを寄せてそんな話をすれば、彼女が拳《こぶし》を握って言う。

「次は三重にします！」

なにかスイッチが入ったかのように、俄然やる気になる彼女を慌てて止めた。

「いやいや。まずは自分のご飯をちゃんと食べようか」

そんな話をして研究所を後にすると、まっすぐ帰宅。

今にも寝そうな美雪に、一口大のおにぎりを何個か握って食べさせた。

その後軽くシャワーを浴びた彼女が、ソファに座り込んだ。

「寝るのは寝室だ」

ボーッとまどろんでいる美雪に念を押すと、彼女はポツリポツリと返す。

「ん……大丈夫……です」

もう午前二時を過ぎている。さすがに電池切れか。半分目を閉じてるし、このままにしておいたら絶対に寝るだろう。

仕方がないので美雪を抱き上げて寝室のベッドに運ぶが、あまりに疲れていたのか、抵抗しなかった。

「明日の朝御飯……準備……」

睡魔と戦いながら起き上がろうとする彼女の肩を押して命じた。

「そんなのいいから寝る」

「……寝たら……寝ちゃう」

意味不明の言葉を呟いたかと思ったら、彼女が急にぶるっと震え、俺の首に手を回して抱きついてきた。

「……寒い」

想定外の彼女の行動にハッとしながらも、咎めるように言う。

「ずっと寒いところにいたからだ」

お風呂に入らせればよかったかもしれないが、それだとまたバスタブの中で寝ただろう。寝ぼけているから、こんな風に俺に抱きついてくるんだ。普段なら彼女から俺に抱きつくなんて絶対にない。

美雪の手を外して眠らせようとすると、彼女はさらに俺をギュッとして身体を密着させてくる。

「おい……美雪！」

意外に力が強くて、バランスを崩してそのままベッドに倒れ込んだ。

「……あったかい」

幸せそうに彼女がフフッと笑い、俺の胸に頬を寄せてくる。

そんな彼女を見て、なにか温かいものが込み上げてきた。

こんな表情……初めてだ。ずっと眺めていたいって思う。

両手を背中に回してそっと抱きしめると、俺と同じシャンプーの香りがした。

力を入れたら折れそうなくらいに華奢な身体。

もう家族なんだよな。

俺の奥さん――。

しばらく抱いていたら、彼女の身体も俺の熱で温まってきた。

……なんだか心地よい。彼女の温もり、久々のベッド、仕事の疲れ……。

ソファで寝なければと思うが、このままでいたい自分もいる。

「もう少しだけ……」

そう言い訳して美雪を抱いていたけれど、結局もう動く気になれなくて、そのまま眠ってしまった。

旦那さまに風邪をうつしては大変です

「う、う……ん」

寝返りを打ってたまたま目を開けたら、目の前は壁ではなく誰かの胸板だった。

え？

状況が理解できず、何度か目を瞬く。

どうやら夢ではないよう。

恐る恐る上の方に目を向けると、蒼さんの顔があった。

まつ毛が長くて、顔も彫刻みたいに非の打ち所がなくて、寝顔も超絶綺麗……って、見惚れている場合ではない。

な、な、なんで蒼さんがここで寝てるの～！

いや、彼がここで寝るのは当然。

ど、ど、どうして同衾《どうきん》？　しかも、彼に腕枕されてる～！

驚きが声にならず、ひたすら脳内で叫ぶ。

頭がパニックになりすぎておかしくなりそう。とりあえず、落ち着かなければ。

「羊が一匹、羊が二匹、羊が三匹……」

ち、違うでしょう！　これじゃあ寝ちゃう。

いや、現実逃避して寝るのもありかもしれない。どうやってパニックを抑えていいかわからないのだから。

蒼さんを起こさずにベッドを出ようと試みたけれど、私が動いたら彼が両手でしっかりと抱きしめてきてカチンと固まった。

胸も手も足も密着している。

おまけに彼の吐息が私の首筋に当たり、どう息を吸っていいのかわからない。

チラリと掛け時計に目を向ければ、六時半を過ぎていた。

そろそろ起きて準備しないと遅刻する。

「そ、蒼さん、私……起きたいです」

囁《ささや》くような声で訴えると、反応があった。

「嫌だ」

耳元で言われたと思ったら、彼がさらにギュッと抱きしめてきて困惑する。

蒼さん、寝ぼけてる？　彼でも寝ぼけるんだ……って感動している場合じゃない。

本当に遅刻しちゃう！

「蒼さん、そろそろ起きないと」

焦りながら声をかけると、彼がクククッと笑いだして……。

「ああ、そうだな。さすがに起きないと。美雪の抱き心地がよくてずっとこのままでいたかったんだけど」

あれ？　今起きたにしては発言がしっかりしている。

「ひょっとして前から起きてました？」

「羊が一匹って美雪が数えだしたあたりからね。おもしろ……いや、かわいくて寝たふりするのが大変だったよ」

笑いを噛み殺している彼をじっとりと見る。

「今、おもしろいって言いかけましたよね？」

「本当にかわいかったよ。ほら、早く準備しないと遅刻する」

蒼さんに指摘され、ハッとした。

そうでした。ベッドの上で言い合っている場合じゃない。

起き上がってベッドを出たら、蒼さんが上着を脱いだので、思わず「キャッ！」と叫んだ。

「なに？　どうかした？」

「だって蒼さん、は、裸」

「ちゃんと下は穿《は》いてるよ。そんなに驚く？　家で専務が上半身裸になることだってあるだろう？」

いや、父と蒼さんを同列にできない。

「あっても同じ生き物じゃないですよ」

手で目を隠すが、動揺のあまりおかしな言葉を口にする。

「美雪って本当にウブだな。シャワー浴びてくる」

蒼さんはクスッと笑い、私の頭にチュッとキスをして寝室を出ていく。

バタンとドアが閉まると、床にくずおれた。

「今のキスはなに？　蒼さん、……朝から刺激が強すぎます」

少し放心しながらこの場にいない蒼さんに文句を言う。

もうキャパいっぱいで私の脳で処理できない。ストレージ増強するみたいに、私の脳も増やせないだろうか。

そもそもどうして一緒に寝てたの？　昨日、シャワーを浴びた後の記憶がまったくない。

チラリと左手に目を向けると、結婚指輪が光っていた。

……私の指輪。

結婚は延長することになった。いや、彼にすぐに好きな人ができれば、一年以内に離婚することもあるかもしれない。

でも、今度は私が言い出したことだもの。後悔はしない。

昨日は彼に心配をかけたし、挽回しないと。

服を着替えてキッチンに行くと、重箱が洗ってあった。

蒼さんに洗わせてしまった。それだけじゃない。昨日、確か私におにぎりを作ってくれたよね？　私、全然妻としての役割が果たせていない。

「しっかりしなきゃ……」

朝食の支度をしようとして、昨夜なにも仕込みをしてなかったことに気づいた。

ご飯も炊いてない。食パンもない。

ホットケーキミックスがたまたま目に入り、ホットケーキを作ることにする。

蒼さんのお母さまも『蒼は小さい頃ホットケーキが大好きでね、一週間食べ続けた時もあるの』なんて言っていたから、きっと食べてくれるはず。

焼き上がって皿に盛り付けていたら、シャワーを浴び終えた彼がキッチンに現れた。

「甘い匂いがする」

小さく笑う彼を見て、ドキッとした。

本当の新婚夫婦みたい。これ、これから毎朝続くのかな？　なんだか緊張する。

「あの……ホットケーキを作りました。好きって聞いていて」

「それもうちの母情報？」

蒼さんが確認してきて、コクッと頷いた。

「あっ、はい」

「俺がいない間、母の相手をしてくれたんだって？　花嫁教育って言われてちょくちょく呼び出しを受けてたそうじゃないか」

礼儀作法や料理などの花嫁修業もしたけれど、彼のお母さまの買い物にお付き合いすることが多かった。多分、蒼さんがいなくて寂しかったのだろう。

私にも気前よく洋服を買ってくれて、人に会うと私を息子の婚約者ではなく娘だと笑顔で紹介した。私も第二の素敵な母ができたみたいで嬉しかったんだ。

彼のお母さまは私の憧れ。美人で教養があり、元モデル。でも、とっても気さくで、私のような庶民にもお優しいのだ。

ううん、お母さまだけじゃない。おじいさまやお父さまだって私を本当の孫や娘のように甘やかす。

蒼さんの席にホットケーキを置くと、彼が怪訝な顔をした。

「あれ？　俺だけ？」

「……ちょっとダイエットしようかと」

蒼さんが抱き心地がいいって言ったのは、きっと私の肉付きがいいからだ。

ボソッと呟くと、彼がギョッとした顔になる。

「いや、ダイエットなんて必要ない」

「でも、お腹とかぷにぷにしてるんです。もっと痩せないと」

お腹のお肉をつまんでみせるが、彼は納得しない。

「今でも細いくらいだ。あんな綺麗な身体してるんだから、変なダイエットなんてしないように」

そ、そういえば、裸を見られたんだった。

「あ～、思い出さないでください。一生忘れててください」

恥ずかしくて両手で顔を覆う私に、彼は意地悪く言う。

「忘れるわけない。俺も男なんでしっかり覚えてるよ」

「本当に、本当に記憶から消去してください」

「まあそれは置いておいて。半分こしよう。ほら」

彼にホットケーキをパクッと口に入れられ、思わず咀嚼してしまう。

「もうなにがなんだかわからなくて、ゴムの味しかしません」

頭の中が忙しくて、味覚もおかしくなっている。

私の感想を聞き、蒼さんがおもしろそうに笑う。

「なんか相当パニックになってるな」

「だって有栖川さんが私の裸覚えてるなんて……パニックにならずにいられますか！」

思わず強く言い返してしまったけれど、彼が気を悪くした様子はなかった。

「呼び方、また有栖川に戻ってる」

「今そこは問題じゃないんです……んぐ⁉」

再び私の口に彼がホットケーキを押し込む。

「早く食べないと遅刻するよ」

「あっ……会社。着替えないと」

掛け時計を見てダイニングを出ようとしたら、彼が私を抱き寄せて自分の膝の上に座らせた。

「着替える前にあともう一口食べようか」

彼が甘い顔で食べさせてくれるので、断れない。

「うぐっ……。あの……楽しんでませんか？」

私が知っている彼はクールで、女性にこんな風に触れない人だ。女嫌いだったはずなのだけど、私の認識が間違っていたのだろうか？

「ああ。悪い。美雪って反応が素直だからつい」

完全に私をおもちゃにしてますね？　私が男性に免疫がないから遊ばれている。

「私……心臓がおかしくなりそうです」

「大丈夫。そのうち慣れるよ」

柔らかな笑みを浮かべながら言う彼に、必死に訴えた。

「いやいや慣れません。蒼さんと同じ空間にいるだけで、呼吸がおかしくなりそうなんですから」

「そうなんだ？　もっとスキンシップ増やしたらどうなるんだろうな？」

蒼さんが私の左手を掴み、昨日つけたキスマークにまた口づける。

急に彼の纏っている空気が変わり、ゴクッと唾をのみ込んだ。

キラリと光るその美しい目に囚われ、抗えない。

チクッとすると同時に、甘い痺《しび》れを感じた。

「どう？」

蒼さんが色気ダダ漏れの目で聞いてくるからなんだか恥ずかしくて、顔がカーッと熱くなる。

「もう知りません！」

スッと立ち上がってダイニングを出ると、クスクスという蒼さんの笑い声が聞こえた。

「所長か高野部長から話があるかと思うけど、今日は午後研究所の方に行く。美雪も忙しくなるかもしれない」

彼の言葉が気になったが、またからかわれそうで、そのままバスルームに行って身支度を整える。

彼があんなに美形でなければ、こんなに翻弄《ほんろう》されることだってないだろうに。

今日も仕事があるんだからしっかりしないと。

鏡に映る自分をじっと見て、言い聞かせた。

マンションを出て会社に行くと、正門の前にいた守衛さんに挨拶した。

「おはようございます。捜し物、無事に見つかりました。お騒がせしました」

「それはよかったよ」

昨日は蒼さんの車で帰ったから、絶対に不思議に思っているだろうけど、特になにも聞かれなくてホッとする。

オフィスに着いて自席に座り、パソコンを立ち上げてハッとした。

あっ、指輪！

昨日あれだけ蒼さんに迷惑をかけたので、外すのはやめておこう。だとすると、今日は絆創膏《ばんそうこう》で隠すしかない。

バッグのポーチから絆創膏を取り出し、指輪を隠すように巻いた。

「明日からは包帯かな？」

ジーッと絆創膏をした指を見ていたら、田辺くんが出勤してきた。

「おはようございます、神崎さん。ボーッとしてましたけど、寝不足ですか？」

「うん。まあそんなとこ。今日は一段と寒いね」

曖昧に笑ってそう返せば、田辺くんが小さく相槌を打った。

「そうですね。僕は寒がりだから、今日はカイロをポケットに入れてきましたよ。あっ、そういえば、部の忘年会の幹事、僕なんですけど、店を迷ってて……神崎さんこの店、知ってます？」

田辺くんがスマホを出して見せてくれたのは、一度研究所の幹部と行った高級焼き肉店。

「すごいところチョイスするね。ここ行ったことある。美味しいし、お店も綺麗で雰囲気よかったよ。お値段結構するけど」

うちの部の研究員さんは男性がほとんどだし、やっぱガッツリ肉系がいいのだろう。

「美味しければいいんです。ボーナス出ますし……って、神崎さん指怪我でもしたんですか？」

田辺くんが目ざとく私の左手の薬指に目を向けたので、とっさにごまかした。

「今朝包丁で切っちゃって」

「気をつけてくださいね。神崎さんなら指まで切り落としそう」

田辺くんが真顔で私をからかってきて、苦笑いした。

「私ってそんなドジに思われてる？　さすがに指は切り落とさないよ」

指輪のことがバレなくてホッしていたら、彼が今度は私の手首を見て尋ねる。

「神崎さん。手首のこの痣は？」

彼の質問に一瞬固まった。

「手首……これは……なんだろうね？　どっかにぶつけたかな？」

キスマークのこと失念してた。蒼さん、恨みます。

ハラハラしながら言い返す私を見て、彼はほんの一瞬微かに目を大きくしたけれど、すぐにいつもの表情に戻って小さく笑った。

「神崎さん、意外とそそっかしいので、骨折とかしないでくださいよ」

「うん。気をつけるね」

後輩にまで心配される私って……。

少し顔を強張らせながら返事をすると、田辺くんは実験室の方に向かう。

フーッと息をついて、手首を袖で隠した。

追及されなくてよかった……。注意しないと。


今日は普段の業務にプラスして、蒼さんの来客の準備に追われた。

朝、高野部長から伝えられたのだけれど、元CF1ドライバーのルイス・パーカー氏がうちの研究所を来訪する。蒼さんの秘書の中西さんからも、詳細スケジュールが送られてきて、応接室や会食の手配などをした。

研究員さんたちも、あのワールドチャンピオンに三度輝いたパーカー氏がうちに来るとあって落ち着かない様子。

部長たちは詳細を知っているだろうが、私はスケジュール以外の情報を知らされていない。今朝蒼さんが『ちょっと美雪も忙しくなるかもしれない』と言った時に、もっとよく話を聞いておけばよかった。

午後五時すぎにパーカー氏が蒼さんにアテンドされて現れ、部長と田辺くんたち研究員が対応する。

昔、パーカー氏のレースを観戦して、一緒に写真を撮ったこともあるのだが、笑顔が素敵な青年だった彼は、長い年月を経てダンディーなおじさまになっていた。

身長はレーサーだからか百七十センチくらいで、イギリス人にしてはちょっと低め。短髪のシルバーヘアにグリーンアイで、昔は貴公子のような容貌だったけれど、今は百戦錬磨の騎士といった感じで、目尻には深いシワが刻まれていた。

レースの事故の後遺症か、まだ四十五歳なのに杖をついて歩いている。それを見て、いつでも休めるよう実験室の近くにパイプ椅子を二脚並べ、その近くにテーブルをセットしてペットボトルの水を置いておいた。

椅子を二脚にしたのは、蒼さんが座れるようにというのもあるけれど、パーカー氏に不快な思いをさせないため。足が不自由なのを気遣われるのも嫌な人もいるから。

実験中、蒼さんが「喉渇きませんか？」とうまく誘導して、パーカー氏と椅子に座る。その時、蒼さんが私を見て、小さく微笑んだ。

椅子を用意してよかったみたい。

当のパーカー氏は表情を変えずに、蒼さんの説明に耳を傾けながら実験を見ている。

実験が終わると、蒼さんと高野部長がパーカー氏を連れて、研究所の敷地内にある和食レストランに移動した。

外のレストランを手配しなかったのは、中西さんの指示だ。恐らく蒼さんがパーカー氏と会っていることを外部に知られないようにするためだろう。

ポケットに入れておいたスマホを見ると、午後六時半過ぎ。

定時は過ぎているが、まだ仕事が残っていて、自席で集中してメールの処理や部長のスケジュール調整をする。

ネットで部長の出張のチケットを予約していたら、田辺くんがやってきた。

「あれ？　神崎さん、まだ仕事してるんですか？」

「うん。パーカー氏の対応もあって仕事溜まっちゃって」

パソコン画面から顔を上げると、フーッと息を吐いて椅子の背にもたれた。

「あまり無理しないでくださいよ。あっ、そうだ、これ、あげます」

田辺くんが私の机にコンビニで売っている一口サイズのチョコを置く。

「あっ、これ好きなんだ。ありがとう」

ニコッと笑って礼を言うと、彼は「じゃあ、また明日」と爽《さわ》やかに笑ってこの場を後にする。

田辺くんがくれたチョコを早速頬張り、また気合いを入れて仕事を続けた。


「まだ仕事してたのか？　もう九時過ぎてるよ」

集中して仕事をしていたら、いつの間にか蒼さんが横にいて驚いた。

その言葉にハッとし、彼の顔を見つめて確認する。

「あっ、もうそんな時間なんですね。会食終わったんですか？」

「ああ。さっきね。パーカー氏は社用車で自宅に帰ったよ。彼をうちのレーシングチームの責任者として招きたかったんだけど、今日は断られた」

少し苦い顔をしているけれど、『今日は』と言っているということは、まだ諦めていないのだろう。

「そうなんですね」

静かに相槌を打つと、彼は続けた。

「午前中は埼玉《さいたま》のうちのサーキットで来季のマシンを見せて、午後はここでエンジンや制御装置の実験の説明をして、かなり興味を示してくれた印象だったんだけど。……レース界から長く遠ざかっていたから、簡単には引き受けられないのかもしれないな。まあ、これからも機会を見つけて口説くよ」

キラリと目を光らせる彼を見て、安堵する。

「そうですよ。一回断られただけです。それに、話を聞きに来てくれたってことは、まだレースに関心があるんだと思います。諦めずに説得し続ければ、いつか彼がオーケーしてくれるかもしれません」

蒼さんの腕を掴んで元気づけるようにそう言ったら、彼が極上の笑顔を見せた。

「ああ。美雪の言う通りだね」

次の日の夜、私は高野部長に頼まれ、パーカー氏が研究所に忘れたメガネを届けに渋谷《しぶや》区にある彼のマンションを訪れていた。ちなみに今日は蒼さんは会食があって帰宅が遅くなるので、彼の夕食を準備する必要はない。

アポを取ってくれた中西さん情報によると、パーカー氏はレース引退後、イギリスでずっと隠遁《いんとん》生活を送っていたようなのだけれど、日本が好きで再び来日し、歌舞伎にはまって数年前から東京に住んでいるらしい。

これはきっと神さまが私に与えてくれたチャンス。直談判して少しでもパーカー氏の考えを変えられたら……と思う。ううん、変えてもらうのよ。

パーカー氏がうちのチームの責任者の話を引き受けてくれれば、きっとチームは大きく変わる。レースが好成績なら、ＡＲＳの車はもっと売れるだろう。そうなれば、蒼さんの夢に近づくのだ。

私だって蒼さんのためになにかしたい。

スーッと息を吸うと、エントランスのインターホンを押す。しかし、応答がない。

「あれ？　不在なのかな？」

首を傾げたその時、外出先から戻ったパーカー氏が横にいてハッとした。歌舞伎を見に行ったのか、手には筋書を持っている。

「ミスター・パーカー」

英語でそう呼びかけたら怪訝な顔をされたので、すかさず身分証を見せた。

「有栖川の秘書の神崎と申します。こちら、お忘れになったメガネです」

メガネを手渡すと、パーカー氏はアポのことを思い出したのか苦笑いする。

「……ああ。そういえば、約束していたな。わざわざありがとう。待たせてしまったかな？」

「いえ、私もちょうど来たところです」

ニコッと笑顔で返す私を見て、彼はホッとした表情を見せた。

「それはよかった。君は確か……蒼のワイフだね。もう暗いし、タクシーを呼ぼうか？」

私が奥さんだと蒼さんが彼に話したのだろう。研究所では厳しい表情をしていた彼が、優しい顔で尋ねてくる。

「いいえ、大丈夫です。お気遣いありがとうございます。あの……」

ここで言わなきゃ。

パーカー氏をじっと見据えると、ギュッと拳を握った。

「お願いです。有栖川の話をもう一度聞いてくれませんか？」

意を決して話を切り出したら、それまで穏やかだった彼が急に表情を変える。

「その話は断ったはずだ。私はどこのチームの責任者も引き受ける気はない」

無愛想に言ってこの場を去っていく彼の後ろ姿を眺めながら、ハーッと息を吐いて落胆した。

「……取りつく島もないな」

私では彼の説得は無理なんだろうか？

レースのことを熟知しているわけでもない。お金の話ができるわけでもない。

ううん、悲観的になるな。私ができることをすればいいんだ。

どうしても諦めきれず、次の週定時で仕事を終わらせると、再びパーカー氏のマンションに来た。

パーカー氏と会える保証なんてないけど、その可能性が一パーセントでもあるなら、待ちたい。

マンションに着いて二時間は経過しただろうか。

カイロを持ってきたけど、風が冷たくて身体が震えてきた。

やっぱり外でじっと待っていると寒い。早くパーカー氏が現れないかな。

今日も蒼さんは会食があって遅くなるらしいが、彼が帰宅する前には私も帰らないと。今が忘年会シーズンでよかった。蒼さんにバレたら『それは美雪の仕事じゃない』とか言われて、絶対に止められるだろう。

寒くて足踏みしながら待っていたら、パーカー氏が現れた。

「また君か」

私に気づいて面倒くさそうな顔をしている彼に、にっこりと微笑む。

「はい、また来ちゃいました。どうしても有栖川の話を受けていただきたくて」

「来ても無駄だ」

不機嫌さ全開の顔で返し、私の前を杖をついて歩き去ろうとする彼を、必死に呼び止めた。

「待ってください！　私はそうは思いません。あなたに会えて嬉しいです」

なんとかして話を聞いてもらうんだ。

パーカー氏は足を止め、片眉を上げた。

「私に会えて嬉しいだと？」

「はい。有栖川から聞いているかもしれませんが、あなたのレースを彼と一緒に観戦したことがあります。優勝したあなたと一緒に写真も撮ったんですよ」

バッグからスマホを出して、彼と蒼さんと私の三人で撮った写真を見せる。

「……そういえば、パドックで子供と写真を撮った気がする。これは十六年前の日本グランプリの時のものじゃないか？」

「はい。子供だったのでレースのことはよくわかりませんが、ＡＲＳの真っ赤な車が独走して優勝したのが印象的でした。単純にすごいって感動して……。有栖川も食い入るようにそのレースを見ていました」

「あの時の男の子が……今はＡＲＳの副社長か」

どこか感慨深げに呟く彼に、懇願するように訴えた。

「多分、有栖川にとって、あなたはビジネスの相手というより、憧れの人なんだと思います。だから、お願いです。有栖川に力を貸してくれませんか？」

じっとパーカー氏を見つめて深く頭を下げるが、パーカー氏は冷淡に返す。

「私に力なんてない」

「いいえ。有栖川があなたを選んだんです。あなたはきっとＡＲＳを優勝に導いてくれます」

自信を持って告げる私を見て、一瞬彼は呆気に取られた顔をしたが、すぐにハハッと豪快に笑いだした。

「私が優勝に導く……か。蒼を信じているんだな」

「はい。ずっと彼だけを見てきましたから」

とびきりの笑顔で告げると、彼がフッと微笑した。

「君たち夫婦には負けたよ。彼にも『また口説くから、覚悟しておいてくださいよ』と言われたんだ」

その後、パーカー氏のマンションを後にした私が家に帰宅すると、玄関で蒼さんが待ち構えていて思わず、「あっ」と声をあげた。

「今日の会食で一緒だった高野部長からは定時で帰ったと聞いていたが、こんな時間までなにをしていた？」

時刻は午後十時過ぎ。

いつも帰りが深夜だったのに、今日の会食は意外と早く終わったようだ。

彼が怖い顔で腕を組んで私を見据えているので、あたふたする。

「え～と……あの……ちょっと散歩をしてたら、こんな時間になりました」

パーカー氏のマンションに行っていたとは言えなくて、とっさにごまかす。

「へえ、長い散歩だね。さっきパーカー氏から電話があって奥さんによろしくと言われたんだが、どうやらそれは美雪に似た別人だったようだな」

意地悪く嫌みを言われ、スーッと顔から血の気が引いた。

あ～、これは怒ってる。蒼さんの視線が痛い。パーカー氏に口止めしておくんだった。

「……すみません。勝手なことして。でも、私にもなにかできないかなって思って。あの……パーカー氏、他になんて言ってました？」

電話の内容が気になって尋ねると、彼が急に表情を変え、目元を和らげた。

「レーシングチームの代表を引き受けるって言ってたよ」

「本当に？」

蒼さんの腕を掴んでもう一度確認したら、彼が笑みを浮かべて、私の頬にそっと触れた。

「ああ。本当だよ。彼のマンションに行って説得してくれたんだってね。ありがとう」

パーカー氏の様子から、蒼さんにいい返事をしてくれると思ったのだけれど、こんなに早く決断してくれるなんて……。

「お役に立ててよかっ……クシュン」

嬉しくて蒼さんにそう返そうとしたら、ブルッと寒気がした。

「風邪引いたのか？　頬も冷たいし、ちょっと赤い」

彼が心配そうに私を見つめてくるので、笑って否定する。

「いえ、たまたまです。今日帰る時、冷たい北風が吹いていたから」

寒空の下、パーカー氏を何時間も待っていたというのは内緒にしておこう。彼に心配をかけたくない。

「お風呂に入ってくるといい。身体が冷たくて動かないなら、俺が入れようか？」

彼の口からとんでもない言葉が出てきて、全力で断った。

「い、いいえ。大丈夫です。自分で入れます！」

急いで玄関を上がる私を見て、彼がクスッと笑う。

「それは残念だ。遠慮しなくていいのにな」

色気ダダ漏れの目で言われ、心臓がドキッとした。

蒼さん、結婚してからキャラが変わってないですか？

私の心臓が持ちません。

心の中でそんな文句を口にすると、服を着替えるため寝室に逃げ込んだ。


「なんだか寝足りない」

次の日、いつものように出勤して仕事をしていると、身体に異変を感じた。

昨日定時で仕事を終わらせてパーカー氏を待ち伏せていた無理がたたったのだろうか。身体が重く感じる。

急に寒気がして「クシュン」とくしゃみをしたら、田辺くんが通りかかって私に声をかけた。

「神崎さん、風邪引きました？」

「うん。そうかも。ここ数日ずっと寒かったから」

「ああ。インフルエンザも流行《はや》ってますからね。うちの部もインフルで四人くらい休んでますよ」

　インフルが流行ってるのか。私も気を付けないと。蒼さんにうつしたら大変だ。

「インフルにかかるとしばらく出てこられないから参るよね」

　彼とそんな雑談をした後も仕事を続けるけれど、なんだか咳《せき》も増え、定時になると身体がとてもダルくなっていた。

　これは本格的に風邪を引いたかもしれない。

　ハーッと息を吐きながらメールの返事を打っていたら、ポンと田辺くんに肩を叩かれた。

「神崎さん、なんだか顔色悪いですよ」

「あ～、今日副社長の執務室を何往復もしたから疲れちゃって……。もう年だね」

　力なく笑いながらもそんな冗談を口にしたら、彼に怒られた。

「なに言ってるんですか。僕と一歳しか変わらないでしょう？　病院行った方がいいですよ」

「うん。もう今日は帰るよ。ありがとね」

「そうそう。さっさと帰ってください。はい、今日はこれあげます」

　彼が私に手渡してくれたのは、のど飴《あめ》。

「ありがとう。田辺くん、大阪《おおさか》のおばちゃんみたい」

私の言葉を聞いて、彼が微妙な顔をする。

「……それ、あんま嬉しくないです。とにかく病院行ってくださいよ」

「うん」

田辺くんが去ると、早速のど飴を口に入れた。少し喉が楽になった気がする。

ひょっとしてインフルエンザ？

その考えが頭に浮かんだが、ブンブン首を横に振って否定する。

いや、インフルエンザの予防接種も受けているし、きっとただの風邪だ。

でも、私がインフルだったら、蒼さんに迷惑がかかる。念のために病院で診てもらわないと。

退勤すると、重い身体を引きずって研究所の近くの病院へ――。

患者が多くて一時間も待たされた。

インフルではなく風邪と言われて安堵したけれど、熱は三十八度超え。

この状態で家に帰れるだろうか？　電車に乗れる気がしない。だってめちゃくちゃしんどい。熱を出したのっていつぶりだろう。

病院から数十メートル離れた薬局に行くのも苦痛で、ますます体調が悪くなるのを感じた。

「なんで……病院で薬もらえないの？　……つらいのに」

ブツブツ文句を言いながらなんとか薬局に着いたけれど、ここでも三十分待たされて具合は悪くなるばかり。もう床でもいいから横になりたかった。

こんなひどい風邪が蒼さんにうつってはマズい。

このまま家に帰ってはダメだ。自分の部屋に引きこもるのもありだけど、蒼さんなら絶対に看病するとか言ってくるに違いない。

彼は副社長だから重要会議や経済界関連の会合といった予定がびっしり入っているはず。私をどこかに隔離しないと……。

薬局で薬をもらうと、スマホで近くのビジネスホテルを予約し、コンビニでゼリー飲料とスポーツ飲料を買った。

頑張れ、私。頑張れ。もう少しでベッドで寝られる。

駅近くのホテルになんとかチェックインし、ベッドに倒れ込んだ。

時刻は午後八時過ぎ。

「コホッコホッ」と咳き込んで胸を押さえる。

しばらく動きたくない。でも、薬を飲まなきゃ。

ううん……その前に家に帰らないことを蒼さんに伝えないと……。

コートのポケットからスマホを取り出し、彼に送るメッセージの文面を考える。

風邪を引いてホテルに泊まるなんて書いたら、絶対に私を捜すはず。

なんて送ればいい？　実家に帰るというのはすぐに嘘だとバレるし、蒼さんから実家に問い合わせがあったら、もう不仲なの？と親に心配される。

あ〜、考えると頭痛がする。

私は夜遊びするタイプじゃないから、友達の家に行くことにしよう。

【友達のいえに止まります】

文字の変換も確認する余裕がなくて、そのまま送信する。

もうこれでいい……私の交友関係なんて、蒼さんはよく知らない。

次はゼリー飲料食べて、薬……。でも、買ったものはすべてテーブルの上。もう動く元気がない。ちょっと休んでから……。

そう思うのだが、身体がつらすぎてじっとしているのも苦痛だった。

「熱上がってきてるかも……ゴホッ」

喉も関節も……身体中が痛い。風邪ってこんなにつらかった？

スマホがブルブルと震えたけど、スマホを見るために手を動かすのも嫌だった。

身体が熱い……。まるで身体中の水分が沸騰してるみたい。

朝起きたら蒸発して消えてる……かも。

「熱……い。熱……ゴホッ」

視界まで歪んできた……。でも、これで……いい。蒼さんにうつさずに済む。

明日会社に行けるだろうか？　一晩寝て治る気がしない。

「ハァー、ハァー、つら……い」

うつらうつらしても、身体がしんどくてぐっすり眠れない。

それを何度繰り返したのだろう。

今度は悪寒がしてきて、コートを着たまま布団をかけた。

「寒い……」

布団だってかけたのに、身体がブルブル震える。

とにかくつらくて、苦しくて……早く楽になりたかった。

「ハァー……誰か……助けて……」

掠《かす》れた声でそう呟いたその時、インターホンが鳴った。

誰？　多分ホテルの人だろうけど、今は起き上がることさえできない。

「う……ん」と呻いていたら、ドアがガチャッと開いて誰かが入ってきた。

「美雪！」

蒼さんの声がしてうっすら目を開ける。

夢でも見ているのだろうか？　でも、夢だろうが、彼を遠ざけないと。

「ダメ……私に近づい……ちゃ。風邪……うつる」

意識が朦朧《もうろう》としながらも彼に離れるよう言ったら、「馬鹿、そんなこと言ってる場合じゃないだろ」と怒られた。

なんだかとてもリアルだ。本当に彼がここに来た？

「ダメ……うつる」

彼を遠ざけようとしても、もう言葉がそれしか出てこない。

身体を抱き上げられたが、抵抗もできずされるがまま。

風邪がうつっちゃうのに……。

「無茶しすぎだ」

呆れたような蒼さんの声が聞こえて、そこでプチッと記憶が途切れた。

奥さんに初めてキスしました　―　蒼side

「うちの美雪、ちゃんとやってるでしょうか？　なにか粗相はしてないですか？」

ルイス・パーカーからオーケーの電話をもらった次の日、役員会議が終わると、うちの会社で専務をしている美雪のお父さんが俺のところへ来た。

ビジネスマンらしく清潔感のある短髪で、すらっとした体型をしている彼は、知的で、コミュニケーション能力にも長けていて、俺が頼りにしている幹部のひとり。とても実直な人柄で人望もあるから、会長である祖父からも絶大な信頼を得ている。

「心配しないでください。頑張りすぎるくらいです。彼女のお陰でルイス・パーカーがレーシングチームの代表の話を承諾してくれましたし、この間だって豪華なお弁当を僕に作ってくれたんですよ」

笑顔でそんな話をすれば、美雪のお父さんが安堵した顔をする。

「そうなんですね。小さい頃から料理はやっていたんですよ。『いつか有栖川さんに食べてもらうの』ってとても嬉しそうに言っていて」

「そんなことを？　僕には全然言ってくれなかったな」

「恥ずかしかったんですよ。ひと目惚れの相手ですし、話すのも緊張するみたいで。部活だって、『有栖川さんの役に立ちたいから』と言ってバスケ部に入ったんですよ。あっ、この話は美雪に内緒でお願いします」

マズいという顔をして、美雪のお父さんが苦笑いした。

俺に……ひと目惚れ。初めて知らされる事実に胸がなんだか温かくなる。

部活のことといい、ルイス・パーカーを説得してくれたことといい、美雪が俺に隠していたことが他にもありそうだな。

「わかりました。あの……結婚式が急に決まってちゃんと挨拶できてなかったですね。お嬢さんを僕にくださってありがとうございます。必ず幸せにします」

美雪のお父さんの目を見て、自分の気持ちを伝えると、彼がうっすら目に涙を浮かべた。

「副社長……」

「お義父さん、この場合、蒼と呼んでくださいよ」

にこやかに笑ってそんなつっこみをしたら、美雪のお父さんが恐縮した様子で首を左右に振る。

「そ、そんな。畏れ多い」

「そういう反応、美雪と一緒です」

クスッと笑うと、美雪のお父さんと別れ、自分の執務室に戻った。

デスクの上にあった書類に目を通していたら、コンコンとノックの音がして、「はい」と返事をする。てっきり悠馬だと思っていたのだが、違った。

靴音と共に漂うスパイシーな甘い香り。ハッとして書類から顔を上げると、望月だった。

「ふふっ。すっかり馴染んでるわね、副社長」

長い茶髪の巻毛に、黒のパンツスーツ。モデルのように背が高く、切れ長二重の目をした彼女は、アメリカで俺の同僚だった望月沙也加。サバサバした性格で、頭の回転も早い。交渉能力に長《た》けていて俺をよくサポートしてくれた。

「先週来る予定じゃなかったかな？」

フッと笑みを浮かべて望月に目を向ければ、彼女は俺のデスクに寄りかかった。

「日本に発つ直前に急な仕事が入ったの。それより中西くんから聞いたわよ。結婚したんですって？」

おもしろそうに目を光らせて尋ねる彼女。

「ああ。八歳の頃から婚約者がいてね」

デクスの上で手を組んでニコッと頷く俺に、彼女が同情する。

「結婚なんてしないって言ってたのに、会長にはめられたそうじゃないの。ご愁傷《しゅうしょう》さま」

「楽しくやってるよ。結婚も悪くない」

それは俺の正直な気持ちだ。だが、彼女は信じない。

「ポジティブな発言だけど、あなたのことだからどうせ一、二年で離婚するのでしょう？」

彼女が放った『一、二年で離婚』という言葉に、胸がズキンと痛くなる。

俺ってこんな無神経なことを平然と美雪に言ったんだな。美雪はどれだけ傷ついただろう。

「いや、その予定はないよ。で、今回の出張の目的は？」

軽く流して話を変える。

「研究所の視察。二酸化炭素を排出しないゼロ・ミッション車の開発が遅れれば……」

「うちはアメリカ市場から締め出される。アメリカ勢に負けてはいられない。来年は巻き返す」

望月の言葉を遮って強気の発言をすると、彼女がクスリと笑った。

「大した自信ね。研究所の試作品見て、手応え感じてるわけ?」

「まあね」

うちの研究所には優秀な研究員が集まっている。ここ数年、脱炭素化への歩みを模索し、ようやく光が見えてきた。もう遅れているなんて欧米のメーカーに言わせない。

「頼もしいわ。ところで、今夜空いてるなら一緒に夕食どう?」

「悪い。これからイギリス支社とウェブ会議なんだ」

なにも予定がなくても断っただろう。

妻もいるし、人に誤解されるような行動は避けたい。

「残念。また誘うわ」

どこか謎めいた微笑を浮かべて、望月が俺の執務室を後にした。


七時からウェブ会議を行い、八時に終了。

メールをチェックしていると、ノックの音がして悠馬が入ってきた。

「そろそろ出ないと」

「遅れて参加すると社長には伝えているから、急ぐ必要はない」

今夜は役員たちとの飲み会があるのだが、俺は遅れて行く予定になっていた。

「望月、相変わらず美人だったな」

「まあいつも通りだったよ」

淡々と返したら、悠馬がじっと俺を見据えた。

「……お前ってどんな美人でも目の色変えないよな？　あっ、ひとりだけいるな。お前の奥さん」

「俺を弄りたいんだろうがお生憎《あいにく》さま。ルイス・パーカーの件では、まだお前を許したわけではないからな」

今朝、美雪のことを報告しなかった彼を、叱責したのだ。

ギロッと悠馬を睨みつければ、彼は何食わぬ顔で返した。

「だから、今朝も言ったが、あれはお前の奥さんに『ただ忘れ物を届けるだけなので、蒼さんには言わないでください。変に心配させてしまうかもしれないので』って口止めされてたんだよ。まさか彼を説得に行くなんてな」

この楽しげな目。なにかと鋭いこいつのことだ。美雪がなにかするとは思っていたはず。

まったく反省していない彼に、再度厳しく注意する。

「お前は自分が誰の秘書かちゃんと認識しているのか？　美雪がそう言っても、俺に報告するのが秘書だろう？　ふたりでなにかやってると思っていたけど、ルイス・パーカーから電話をもらってビックリしたよ」

昨夜会食が終わって、午後十時過ぎに帰宅すると、美雪はまだ帰宅していなかった。

高野部長は『もう帰った』と言っていたのに、なぜだ？

なにかメッセージでも来ているかと思って、スーツのポケットからスマホを出したら、電話がかかってきた。

登録のない番号。

『はい、有栖川です』と電話に出ると、相手はルイス・パーカーだった。

《蒼、例の話、受けることにしたよ》

また日を改めて話をしようと思っていたから、彼の言葉を聞いて驚かずにはいられなかった。

『どうして急に受けることにしたんですか？』

不思議に思って尋ねると、彼がクスッと笑った。

《先日見せてもらったマシンの性能がよかったのもあるが、一番の理由は君の奥さんかな？》

どうしてここで美雪が出てくるのか？

『僕の妻がなにか？』

話が見えなくて彼に先を促したら、とんでもない答えが返ってくる。

《私のマンションに説得にやってきてね。彼女の熱意に負けたんだよ》

ルイス・パーカーの言葉を聞いて、一瞬絶句した。

確かに最近美雪が悠馬となにかやり取りしていて気にはなっていたのだが、まさかルイス・パーカーを説得に行っていたとはな。

『僕の妻がそんなことをしていたなんて、全然知りませんでした』

前に彼女が黒子になるとか寝言で言っていたが、こういうことだったのか。

俺のために無茶をする。

《君のワイフは『有栖川があなたを選んだんです。あなたはきっとARSを優勝に導いてくれます』と私に断言したよ。いいパートナーだな》

彼の話を聞いて嬉しくなった。本当にいい奥さんだと思う。

『ええ。最高の妻です。レーシングチームの代表の話を引き受けてくださって感謝します』

感動で胸が熱くなるのを感じながら彼にそう伝えて通話を終わらせると、そのまま玄関で美雪の帰宅を待ったのだった。

「まあパーカー氏は話を受けてくれたんだし、結果オーライでいいじゃないか」

へらへら笑って済ませようとする悠馬の声で、ハッと我に返った。

「よくない」

スーッと目を細めて椅子の背にもたれかかる俺を見て、悠馬が顔をニヤニヤさせる。

「はーん、さては俺とお前の奥さんがこそこそやってたから、妬いてるな？」

「妬いてない。お前に呆れてるだけだ。相手が悪い人間だったら、彼女が危険な目に遭っていたかもしれない。反省しろよ」

彼にきつく言ってスマホを何気なく出すと、美雪からメッセージが来ていた。

なんだろう。

確認すると、【友達のいえに止まります】という短い文面だった。急いで打ったのか、誤字があるし、家もひらがな。美雪らしくない。

そそっかしいところはあるけれど、手紙やメッセージはきちんとしたものを毎回送ってくる。それに、明日も会社があるのに友人の家に泊まるだろうか？

結婚してからスキンシップを増やしたから俺を避けている？

「なに？　なにか気になるメールでも来てたのか？」

俺がじっと彼女のメッセージを見ていたら、悠馬が俺に顔を近づけてスマホの画面を覗き込んできた。

「美雪が今日友達の家に泊まるってメッセージを送ってきた」

「新婚早々浮気か？」

ハハッと笑って悠馬が俺をからかってきたけれど、相手にせず美雪に電話をかけてみる。だが、繋がらない。

妙な胸騒ぎがした。

前回の指輪紛失騒ぎの時と同じようにスマホで彼女の位置情報を確認したら、研究所のある三鷹駅近くのビジネスホテルにマークがついていた。

それを見て悠馬が「ホテルは友達の家とは言えないな」と、少し神妙な面持ちで口にする。

誰かにホテルに連れ込まれた？

最悪の状況が頭に浮かんで、血の気がサーッと引いていく。

「悠馬、飲み会はキャンセルで。三鷹に行く」

彼に指示を出しながら執務室を出て、正面玄関に停まっていた社用車に悠馬と一緒に乗り込み、まっすぐ三鷹へ向かった。

GPSの表示にあったホテルに着くと、フロントで自分の身分証を出して尋ねる。

「すみません。有栖川美雪という女性がこのホテルに宿泊していないでしょうか？私の妻なのですが、連絡が取れなくて」

　俺の話を聞いて、フロント係が「プライバシーにかかわることですので、お答えできません」と返したが、それで大人しく引き下がれるわけがない。

「では、警察を呼んで立ち会ってもらいます。それでいいですね？」

　こっちは一秒でも早く美雪の無事を確認したい。

　すぐに警官を呼んで事情を説明すると、フロント係もパソコンで宿泊者情報を調べて俺たちに告げた。

「有栖川美雪さま……本日八時過ぎにシングルのお部屋にチェックインされています。五〇二号室です」

　やはりここにいる。

「無事かどうかすぐに確認したいのですが」

　美雪が襲われているのではないかと思うと、気が気じゃない。

　警官にも同行してもらい、フロント係の案内で部屋に向かう。

　インターホンを鳴らすが、なんの反応もなかった。室内で物音もしない。

　誰もいないのか？

「カギを開けてください」

フロント係に開けてもらって中に入ると、美雪がベッドで寝ていた。部屋には彼女ひとりだけ。

テーブルにはコンビニ袋と病院で処方された薬があった。誰かに監禁された様子もない。

だが、それでホッとはできなかった。美雪はハーッハーッと息を吐きながらベッドに横たわっている。

「美雪!」

すぐに美雪のいるベッドに向かうと、彼女の目が微かに開いた。

「ダメ……私に近づい……ちゃ。風邪……うつる」

明らかにつらそうなのに、彼女は俺を近づけさせようとしない。

「馬鹿、そんなこと言ってる場合じゃないだろ」

思わず怒ってしまったのは、彼女にもっと自分を大切にしてほしかったから。

普通、風邪を引いたら家に帰って寝る。だが、彼女の場合はホテルに泊まって自分を隔離するのだ。それはつまり、俺にうつさないため。

「ダメ……うつる」

頑固に俺を遠ざけようとする美雪の布団を捲ったら、彼女はコートを着たままだった。

コートを脱げないほどつらかったんだな。

彼女を抱き上げると、ボソッと文句を言った。

「無茶しすぎだ」

俺を大事に思ってくれているのはわかる。だが、美雪は全然わかっていない。勝手にいなくなられて、どれだけ俺が心配をするか。風邪をうつされた方がよほどいい。

彼女はぐったりして、もうなにも言わなくなった。額には汗をかいているし、身体も熱い。

「悠馬、テーブルにある彼女の荷物を持ってきてくれ」

「わかった」

俺に黙ってついてきた彼に頼み、美雪を車に乗せた。

警官への対応やチェックアウトの手続きを済ませた悠馬が遅れてやってくると、運転手に告げた。

「自宅へお願いします」

夜間にやってる病院に連れていって長い時間待たされるよりは、家に医者を呼んだ方が彼女も楽だろう。

車が走り出すと、悠馬に尋ねた。

「ホテルの部屋にあった薬袋の日付は？」

彼女が最近病院に行った様子はなかったように思う。

「ちょっと待てよ……これ、今日の日付だな」

彼が美雪の持ち物を確認して答えると、また質問を続けた。

「中身は？」

彼女は風邪と言っていたが、他の病気の可能性もある。

「解熱剤に咳止めの薬」

「対症療法の薬だな。悠馬、医者を手配しておいてくれ」

ただの風邪で間違いないだろうが、症状が重いように感じる。念のためもう一度医者に診てもらおう。

「了解」

車が自宅マンションに着くと、すぐに彼女を寝室のベッドに運ぶ。

「美雪、服脱がすよ。まずコートから」

一応彼女に声をかけるが、意識のない状態では結構大変で、脱がすだけで五分かかった。

とりあえず俺の部屋着を着せると、ノックの音がして、「はい」と返事をする。

「頼んだ医者、あと十分くらいで着くらしい」

悠馬が気を利かせてスポーツドリンクと薬袋を持ってくる。

「サンキュ。あとはいい。ただ明日はリモートワークにするから、悪いけどスケジュール調整を頼む」

この様子だと明日元気になるとは思えない。そばにいてやる必要がある。

「ああ。なにかあれば連絡する」

悠馬を玄関まで見送ると、リビングの棚から体温計を出して、寝室に戻った。

美雪の額に体温計を当てて表示を見たら、三十八度九分で思わず顔をしかめた。

「こんな熱出してるのに無理して」

ベッド脇に座り、美雪の前髪をかき上げる。

「……ん……有栖川さん……ダメ」

俺の声に反応して、彼女がうわ言を言う。

「まだ言うか」

しかも俺のことを『有栖川さん』と呼んでいる。熱に浮かされて、記憶がごちゃまぜになっているのだろう。

こんなに俺を大事に思ってくれる女性は、きっと彼女しかいないに違いない。

彼女の愛情表現はちょっと変わっているけど、今まで誰に告白された言葉よりも、直接胸に響く。

彼女が自分を放ったらかしにするなら、俺が大事にするまでだ。

ふと美雪の左手の薬指に貼られた絆創膏が目に入り、彼女の手を取った。

「絆創膏で指輪を隠してるのか」

俺は堂々と指輪をしているけど、彼女は結婚したことも周囲に秘密にしている。

バレると面倒というのもあるが、この結婚が永遠のものでないとまだ思っているからに違いない。

絆創膏を見ていると、胸が痛くなってきたので外した。

このまま宙ぶらりんの関係ではいけない。

そんなことを考えていたら、インターホンが鳴った。

悠馬が手配した医者がやってきて診てもらうと、ウイルス性の風邪だろうと言われた。とりあえずインフルのような重い病気じゃなくてよかった。

医者が帰ると、横になっている美雪を抱き起こして声をかける。

「つらいだろうけど、なにか食べてから薬飲まないと。美雪が買ってきたゼリー、食べられるか？」

「……私はいいから」

「いいわけないだろ？　もし俺が風邪を引いたら、美雪はきっと一睡もせずに看病するよ。はい、これ食べる」

有無を言わせず美雪にゼリーを食べさせると、彼女は少しずつ喉に流し込み、半分くらい食べたところでギブアップした。

「もう……無理」

「今度は薬」

水と薬を用意して美雪に飲ませ、少し落ち着いたところで彼女に聞いた。

「いつからこんなに具合が悪くなった？」

「今朝咳がするなって思っていたら、身体もダルくなってきて……」

結婚して環境が変わった上に、昨日はルイス・パーカーを外で待つという無茶をして身体がついていかず、体調を崩したんだろうな。

最近、俺が帰宅すると、彼女は疲れた顔をしてソファで寝ている。そんな彼女を寝室に運ぶのが日課になっていた。

「頼むから俺のために無茶はしないでくれ」

注意というよりは懇願だった。

あんなに頑なだったルイス・パーカーの考えを変えた美雪の行動には脱帽するが、もう俺のために身体を壊してほしくない。もっと自分を大切にしてくれたらと思う。

美雪を寝かせると、彼女は「……ごめんなさい」とか細い声で謝った。

謝ってほしいわけじゃない。だけど、それを言っても今の美雪にはわからないだろう。

一時間ほど様子を見てからキッチンに行って素早く食事をし、その後軽くシャワーを浴びて寝室に戻った。

薬が効いてきたのか、彼女の呼吸は落ち着いている。

熱を測ると、三十八度に下がっていた。このまま治ってくれればいいが……。

美雪の横でノートパソコンを広げて仕事をしていたら、彼女が「熱……い」とうわ言を言いながら布団をはぐ。

「また熱が上がってきたか？」

手を額に当てると、かなり熱い。体温計で測ったら、三十九度に上がっていた。

「熱いわけだ」

俺が着せた部屋着は汗で濡れている。服を脱がすと、ブラまで濡れていて、悪いとは思ったけど、下着も取った。

綺麗な形をした胸。細いウエスト。

彼女の裸を見て平然としていられるほどできた人間ではなかったが、これは看護の一環だと自分に言い聞かせる。

身体を拭くと、今度は薄手のTシャツを着せた。

枕も新しいものに替えて、彼女の額に冷却シートを貼る。

これでしばらく様子をみよう。

途中うとうとしながら見守っていると、今度は「寒い……」と言って彼女がブルブルと震えだした。

汗をかいて寒くなったか。Tシャツを確認すると濡れていない。

毛布を被せたらまた熱いと言いそうで、ベッドに入って美雪を包み込むように抱きしめる。

その身体は少し冷たい。俺の体温で彼女の身体が温まればいいが。

美雪が俺の胸に頬を寄せてきて、彼女をギュッとした。

なんだかとても愛おしく感じる。

この前一緒に寝た時は単にかわいいと思っただけだけど、今は自分の身体の熱を全部彼女にあげてもいいと思えるほど大事だ。

そう。彼女のためならなんでもしたい。

……ああ、俺は……美雪が好きなんだ。

俺の人生に女なんて必要ない。邪魔なだけだと思っていた。

今まで女に追いかけ回されて嫌気が差していたのもあるし、祖父に勝手に婚約者を決められた反発もあった。立場上、結婚はしても形式だけで、相手を好きになることはないって思っていたのにな。

そんな頑なだった俺の心を、美雪が溶かしてくれた。

彼女と一緒に暮らして、ハラハラドキドキさせられて……。

こんなに俺の心を動かすことができるのは、きっと彼女しかいない。

しばらくそのまま抱きしめていると、彼女の呼吸が落ち着いてきた。

――よかった。

ホッとしたからか、身体からスーッと力が抜けて、俺もそのまま眠りに落ちた。

俺の腕の中でなにかがもぞもぞと動いている。

なんだ？

そんな疑問を抱くと同時にパチッと目を開けたら、困惑した様子で俺を見ていた美雪と目が合った。

「おはよう」

にっこり笑って挨拶すると、彼女が囁くような声で「おはようございます」と返す。

「熱は？」

美雪の額に自分の額を押しつけたら、熱かった。

「まだ熱があるな」

俺の行動にビックリしたのか、彼女があたふたする。

「蒼さん……こんなことしてたら風邪が……」

「大丈夫だよ。俺は滅多に風邪引かないから」

心配させないようにそう言葉を返しても、彼女は反論しようとする。

「でも……」

「またどっかに行って自分を隔離しようなんて考えない。俺のためを思うなら、ちゃんとここで寝ているように。でないと、美雪を心配して俺がおかしくなるから」

今度は美雪の行動を先読みして釘《くぎ》を刺すと、彼女はしょんぼりした顔で謝った。

「……はい、ごめんなさい」

「謝らなくていい。夫婦なんだからもっと俺に頼って」

今度は優しく言い聞かせる俺を、彼女がじっと見つめる。

「……蒼さん」

昨日よりは幾分顔色がいいけど、まだつらそうだな。

「なにか食べて薬飲まないと。お粥《かゆ》、食べられるか？」

「多分。でも、まず蒼さんの朝食を作らないと……」

俺の朝食を作るのが習慣になっているからか、ベッドから起き上がろうとする彼女に注意した。

「こらこら、病人は寝てなきゃダメだ。俺が作るから」

「でも、早くしないと、中西さんが迎えに来ますよ」

その言葉を聞いて、彼女を安心させるように小さく微笑んだ。

「今日はリモートワークにしたから、急がなくて大丈夫だ」

また俺の心配ばかりして。少しは病人だという自覚を持ってくれるといいんだが。

「私のせいで……」

ひどく落ち込んだ顔をする美雪の頭をそっと撫でた。

「そんな暗い顔しない。高熱の妻を置いて仕事に行けるわけないだろ？　うちはそんなひどい会社じゃない。副社長の俺がリモートで仕事をすれば、他の社員だって無理しなくなる。じゃあ、作ってくるから待ってて」

ベッドを出ようとしたら、彼女がためらいがちに俺を呼び止める。

「あ、あの……」

「なに？」

美雪の方を向いて聞き返すと、彼女はなぜか恥ずかしそうに頬を赤らめた。

「……私の服を着替えさせたのは？」

その質問、絶対に聞かれると思った。

「もちろん俺だよ。汗かいてたから」

何食わぬ顔で答えたら、彼女の顔が今度は青ざめていく。

「し、下着も……？」

「ああ。下着も濡れてたから」

当然のように返すと、彼女がこの世の終わりだと言わんばかりに両手で顔を隠しながら嘆く。

「あ～、ブラックホールがあったら飲み込まれたい」

「おもしろい発想をするな。でも、もう美雪の裸は見てるんだから、問題ないよ」

クスッと笑ったら、彼女がパッと顔を上げ、「問題大ありです！」と涙目で言い返した。

「そんな騒がない。熱がもっと上がる。あっ……俺にうつしたら、熱が下がるだろうか？」

よく人にうつすと治るとか言われているが、実際はどうなるのか試してみたい。

ちょっと邪《よこしま》な考え……いや、これは知的探究心。

ニヤリとして美雪の唇を見つめる。

「へ？」

キョトンとする彼女に顔を近づけて、そのリンゴのように赤い唇を奪った。

旦那さまに観察されています

「そんな騒がない。熱がもっと上がる。あっ……俺にうつしたら、熱が下がるだろうか?」

蒼さんの目が妖しく光る。

その声に彼らしからぬ不穏な響きを感じて、「へ?」と間抜けな声を出した。

蒼さんの顔が迫ってきたと思ったら、視界が遮られて、なにか柔らかいものが唇に触れる。

え? 一体なにが起こったの?

頭の中が真っ白。私が状況を理解する前に、彼がクスッと笑って答えを教える。

「夫婦なのに、キスするの初めてだな」

至極楽しそうな彼の言葉に、私はただただ驚いた。

今のがキス——。

恥ずかしい話、今までキスなんてしたことがなかった。

六歳の頃からずっと彼が好きだったので、誰ともお付き合いした経験がない。当然、男性経験は皆無。

信じられないと言う人もいるかもしれないけれど、私にはそれが普通だった。

私と蒼さんは結婚はしても、本当の意味で夫婦ではない。

彼にとっては義務的な結婚だったはず。結婚式でもキスしなかったのに……。

「……どうしてキスを？」

あまりに驚いていたせいか、思考がそのまま声になる。

「俺に風邪をうつせば、美雪の風邪が早く治るかと思ってね」

蒼さんの説明を聞いてハッと我に返り、戸惑いながら彼を見つめた。

「……蒼さんはそんな理由で誰にでもキスする人じゃありません」

彼は決して女たらしではない。逆に女性に絡まれるのが嫌で、距離を取る人だ。

「言い切るね。確かに誰にでもキスなんてしないよ」

フッと微笑する彼に、本当の理由を尋ねる。

「だったら、どうして私に？」

「美雪だからキスした」

急に彼が真剣な顔で言うから、困惑した。

「私だから？」

余計わからなくなった。

それ以上なにも言えないでいる私の頭を彼がポンと叩く。

「お粥作ってくるから待ってて」

甘い目で微笑んで、彼は寝室を出ていった。

今までも優しかったけど、今朝はその優しさがいつもと違う気がする。

距離を感じない。

実際、彼がスキンシップを増やしてきているのもあるけれど、心の壁みたいなものがなくなったよう……な。

ダメだ。あまり考えすぎると頭痛がする。

これ以上、蒼さんに迷惑をかけてはいけない。大人しくしなくては。

そう自分に言い聞かせていたら鼻水が出てきて、慌ててベッドを出てサイドテーブルにあるティッシュを手にする。

ズズズッと鼻をかんでゴミ箱に捨てるが、今の自分の格好を見て絶句した。

私、下はショーツしか身につけていない。

蒼さんに服を脱がされたかと思うと、ショックで倒れそう。

ブラもしてないし、このままでは落ち着かない。

布団の下にあった毛布を肩にかけてスーツケースのある部屋に行くけれど、まだ身体がふらふらする。

Tシャツを脱いで、ルームパンツを穿いて、ブラをつけて……。

それだけの動作でどっと疲れた。

床に座って数十秒休んで、またTシャツを着る。

すごいブカブカで、裾が長くて、短いワンピースみたい。

考えてみたら、このTシャツ、蒼さんのだった。

好きな人のシャツを貸してもらうのは、漫画とかでよくあるシチュエーション。

ちょっと憧れだったんだ。風邪になったのは嫌だけど、これは嬉しい。

Tシャツに手を当ててフフッと笑っていたら、蒼さんがドアの横から顔を出した。

「こら、この脱走者。ひとりでなにニマニマしてる？」

わー、見られてた？

「これは……その……Tシャツが大きくて笑ってたんです」

「本当に？　それだけのことで幸せそうに笑うんだ？」

ニコニコしながら彼が疑いの眼差しを向けてきて、ドキッとする。

彼のシャツ着てるのが嬉しいってバレちゃったかな？

「わ、私だって笑う時くらいありますよ」

追及されたくなくて少し論点をずらす。

「美雪の笑いって基本的に作り笑いか、苦笑いのツーパターンだよ」

当たってる。なにを分析してるんですか？

「もう〜、私を研究しないでください！」

そんなに観察されていたのかと思うと恥ずかしい。

「悪いけど、今や俺の趣味なんだ。あと、シャツ、後ろ前逆だよ」

彼にクスクス笑われて、シャツをつまんでタグを確認すると、前についていた。

「あっ……」

絶句する私に、彼が温かい眼差しを向けてくる。

「そういうところ、美雪らしいな。ほら、バンザイして」

彼に命令されるが、素直に言うことが聞けなかった。

「な、なんで？」

理由を問うと、当然のように返される。

「後ろ前逆だと気持ち悪いだろ？」

「私は平気です。気にならないです」

頑として言い張るが、彼は放っておいてくれない。

「俺が気になるからダメだ」

笑顔で拒否する彼に、ボソッと言った。

「……蒼さんに下着見られる」

もうこれ以上、美しくもない身体を見られたくない。

「もういい加減諦めようか」

フフッと不敵に笑い、着ていたシャツを脱がす彼が悪魔に見えた。

「蒼さんの……いけず」

ボソッと文句を言う私に、彼はさっとシャツをかぶせ、「ほら、すぐ終わっただろ？」と私の頭をクシュッとする。

黙っていると、急に彼が私を抱き上げたのでビックリして声をあげた。

「うわっ、な、なんですか？」

「まだつらくて動けないんだろ？　だから、俺がベッドまで運ぶよ。廊下で倒れられたら大変だから」

「大丈夫ですよ。こんなの恥ずかしいです」

両手で顔を覆う私に、彼が楽しげに告げる。

「結婚してから毎日のように抱っこしてる」

ソファで寝ていた私を彼がベッドまで運んでいることを言ってるのだろう。

彼にベッドを譲っているのに、私を気にして使ってくれないのだ。

「それは私が意識がなかったからですよ……コホッ」

「ほら、無理して動こうとするから咳が出た。声もちょっと鼻声だ。落ちると危ないから俺の首に掴まって」

鼻が詰まっていて、これ以上反論するのも億劫《おっくう》で、素直に彼に従った。

手を彼の首に巻きつけるだけで心臓の鼓動が速くなる。

なんだか私だけドキドキして悔しい。ただでさえ風邪を引いてるのに、彼のせいで心臓までおかしくなりそうだ。

「急に黙り込んだな。なに考えてるか当ててようか？」

「……いいです」

「美雪、カスタードプリンが食べたい」

彼が私のモノマネをするけれど、全然似てなくてクスクス笑ってしまった。

「六歳の時でも、美雪なんて自分のこと言わなかったですよ」

初めて知った。彼にもこんなお茶目な一面があるんだ。

「そうだっけ？　でも、カスタードプリン好きだろ？」

「確かにプリン好きですけど……」

なんで知ってるの？　そういえば、鶏肉が嫌いなのもバレていた。

私の好き嫌いを彼が把握していて驚く。

「今、なんで知ってるかって思った？」

彼が楽しげに聞いてきて、理由を知りたくて「はい」と頷いた。

「美雪がいつも食事会の時あまり喋らなかったから、ついつい観察してしまったんだよ。食事会で出されたデザートのプリン、美味しそうに食べてた」

蒼さんが私をベッドに運び、「ちょっとお粥持ってくるから待ってて」と言って寝室を出ていく。

彼が昔から私のこと観察してたなんて全然気づかなかったな……って、会社にも連絡入れなきゃ。

「スマホ……どこ？」

周りを見回すと、ベッドの横に私のバッグが置いてあった。スマホを取り出して、高野部長に欠勤の連絡をする。

仲のいい秘書にもＬＩＮＥを送り、高野部長のサポートを頼んだ。

これでひと安心。

スマホをベッドに置いたら、左手の指輪が目に入った。

あれ？　絆創膏取れちゃった？　まあ、いいか。ここ家だから。

私にはちょっと高貴すぎる指輪。この指輪に恥ずかしくないような自分にならなきゃ。たとえずっとつけることはなくても……。

そう考えると、胸がズキッと痛くなった。

形だけの夫婦なのに、こんな風に甲斐甲斐しく彼にお世話されると、愛されているんじゃないかって勘違いしてしまいそうだ。

忘れてはいけない。

私は仮初の妻。蒼さんに好きな人ができたら、ここを去らなければいけないのだから――。

じっと指輪を見ていたら、蒼さんがお粥を持って入ってきた。

「どうかしたか？　そんなまじまじと指輪を見て。やっと人妻になったって実感した？」

「人妻って……なんだかその言い方エロいです」

思わず耳を押さえたら、彼が悪戯っぽく目を光らせて私の身体に目を向けた。

「美雪の身体もエロいよ」

「な、なにを言い出すんですか！」

狼狽えながら両手で身体を隠す私を見て、彼が小さく笑って意味深な発言をする。

「顔真っ赤だな。美雪はそのままでいてほしいけど、俺の手で変えたいな……とも思う」

「は？」

蒼さんがなにを言わんとしているのかわからなくて首を傾げたら、彼が小さく頭を振った。

「なんでもない。男の勝手な妄想。早くお粥食べようか」

テーブルにお粥を置くと、彼がレンゲですくってフーフーする。

彼が作ってくれたのは、青ネギがのった卵粥。

「私、自分で食べられますよ」

レンゲを見つめてそう言ったら、彼はニコッと微笑んだ。

「熱いから。美雪、猫舌だしね。ほら、口開けて」

嘘。猫舌のこともバレてる。

食事に関しては、うちの親と同じくらい私のこと知ってるかも。

「いやいや、無理です。なんでそんな楽しそうなんですか？」

「楽しそうに見えるか？　俺は一生懸命お世話してるだけなんだけど」

急に真剣な顔になったが、目が笑っている。

「放置でいいです。放置で」

「ここ数日の経験から放置は危険だって学んだんだよ。俺も九時からウェブ会議だから早く食べる」

「うっ」

仕事のことを言われては従うしかない。ここでごねると彼に余計に迷惑がかかる。

「はい、あーん」

彼が諦めそうにないので、仕方なくパクッと口にした。

「ん……美味しい」

ほんのり塩味が利いてて、優しい味。

「それはよかった。お粥作ったの久々だったから」

ああ。ずっとアメリカにいたんだもんね。

「料理上手ですね」

私が褒めると、彼は嬉しそうにある話をする。

「母が、父みたいに料理できない男はダメだって言って教えてくれてね。まあ、今日のために習ったようなものかな」

「私のためにというのはもったいないですよ」

いつか彼は本当に愛する妻に、手料理を振る舞うんだろうな。

その光景を想像したら胸が苦しくなったけど、平静を装って笑ってみせた。

「もったいないってことはない。料理できなくてキッチンでオロオロしなくてよかったよ」

フッと微笑してそんな言葉を口にする彼をじっと見据えた。

「蒼さんがオロオロするなんて絶対にないです」

彼はいつだって完璧で、狼狽える姿なんて見たことがない。

蒼さんを見つめてきっぱりと言えば、彼がちょっと意地悪く笑った。

「オロオロはないけど、美雪にハラハラは何度もさせられてる」

「……ごめんなさい」

結婚指輪や今回の風邪でお騒がせして、申し訳ない気持ちになる。

「結婚するまでは他人と一緒に住むなんて絶対に無理だって思ってた。ひとりっ子っていうのもあったけど、他人が自分のテリトリーに入ってくるのは嫌だったんだ」

私もひとりっ子だから、彼の気持ちはわかる。誰かと同部屋になる寮生活とか絶対に無理だもの。

「今は？　こんなに手がかかる私との同居、嫌じゃないですか？」

聞くのが怖かったけれど、思い切って尋ねると、彼が真剣な眼差しを向けてきた。

「逆に美雪がいないと不安になるんだ。一緒にいる方が安心する」

意外な回答だったので、聞き返した。

「本当に？」

無理をしているんじゃないだろうか？

「ああ。俺の予想の斜め上をいく行動をされるから、もうポケットに入れておきたいよ」

さりげなくチクリと言われているような。

「なんか……すみません。私も家族以外の人と一緒に生活するのってどうなんだろうって不安ありました。なにを話したらいいんだろうって」

蒼さんの本音を聞いて、私も正直な気持ちを打ち明けた。

「今もそう思ってる？　俺とちゃんと自然に会話してるじゃないか」

「……ですよね。蒼さんが壁をなくしてくれたからかも。もともと女性は近づけないようにしてたでしょう？」

多分、彼が壁を作っていたら、私はこんなに話せていない。『はい』か『いいえ』しか言えなかっただろう。

「へえ……知ってたんだ？」

蒼さんが目を大きく見開いて私を見つめる。

「紳士的には振る舞っていたけど、女性との接触は避けているように見えたから……。えっ、どうしてそんなにニコニコしてるんですか？」

おもしろい話はしていないのに、なぜか彼は笑みを浮かべていた。

「いや、なんだか嬉しくてね。そこまで見ていたのかと」

「私の猫舌に気づいてた蒼さんの方が驚きです」

彼にそこまで観察されていたなんて全然知らなかった。

そんな会話をしてお粥を食べ終わると、彼は「ゆっくり休んで」と言って寝室を後にする。

お互い本音トークをして、肩にのしかかっていた重いものが少し軽くなった気がした。

それから午前中はずっとベッドで寝ていた。

夕方になって、寝るのも飽きてリビングに行き、何気なくテレビのニュースを見ていたら、ソファに小さな蜘蛛《くも》がいて、反射的に叫んだ。

「キャー！」

書斎で仕事をしていた彼が、慌てた様子でリビングに飛び込んできた。

「美雪、どうした！」

「蒼さん！」

蜘蛛があまりにも怖くて、現れた彼に抱きつく。

「く、蜘蛛が……ソファに」

しっかりと蒼さんの背中に腕を回しながら、ほぼ単語で説明する。

「え？　蜘蛛？」

蒼さんの声はかなり拍子抜けして聞こえた。

「蜘蛛……苦手なの。目が合ったよ」

蜘蛛が私をロックオンしてた。

ブルブル震えながら訴えるが、彼には怖さが伝わらない。

「蜘蛛と目が合った？　なんか想像力豊かだな」

「笑ってるでしょう？　小さい頃、蜘蛛の巣に飛び込んじゃって……なかなか取れなくて……大変だったの！」

あの恐怖は一生忘れられない。トラウマになって、蜘蛛の巣に絡まってもがいている夢を時々見るのだ。

「……ごめん。それは女の子には恐怖体験だよな。蜘蛛、外に逃してくるから」

優しい声で私を宥める彼に、子供のようにコクッと頷いた。

「すぐ終わる」と声をかけて彼が私からゆっくり離れ、ソファの近くにあったティッシュを何枚か手に取ると、蜘蛛を掴み、窓を開けて外に逃がす。

戻ってきた彼は、ウェットティッシュでソファの周辺を拭いて私に告げた。

「蜘蛛の巣もないし、これで大丈夫だ。ちょっと手を洗ってくるから待ってて」

蒼さんがリビングを出て手を洗いに行っている間、私はその場に突っ立ったままひとり反省していた。

あ〜、自己嫌悪だ。蒼さん仕事中なのに、なにしてるんだろう。

手を洗って戻ってきた彼に、深々と頭を下げた。

「……ごめんなさい。仕事の邪魔しちゃって」

謝る私の頭を、彼はポンポンと軽く叩く。

「ちょうど休憩しようと思ってたところだから、なにも問題ない。ひとり暮らしして
た時は、蜘蛛が出たらどうしてた？」

彼の穏やかな声を聞いて、私の心も落ち着いてきた。

「寮に同じ研究部の後輩がいて、その子たちにお願いして取ってもらったんです」

ギャーと叫ぶと、同じフロアに住んでいた田辺くんたちが心配してやってきて、駆
除してくれたのだ。

「へぇ。……その後輩って男？」

少し間を置いて問いかけてきた彼に、笑顔で答える。

「はい。みんないい子で、弟みたいでかわいくって優しいんです」

後輩を褒める私を見て、彼の表情が一瞬曇った。

「そう……」

一瞬、冷気が漂ったように思えたのは気のせいだろうか？

私、なにかマズい発言をした？

チラチラと蒼さんを見るが、機嫌を悪くした様子はない。

「蜘蛛が嫌いなのは初めて知ったよ。他に怖いものは？」

優しく聞かれ、彼を見つめながらゆっくりと答える。

「……虫全般と爬虫類《はちゅうるい》です」

「覚えておく。これからは美雪が苦手な虫や動物が現れたら俺が対処するから。人間も含めて……ね」

キラリと光るその目を見て、ゾクッとした。

あっ、やっぱり怒らせた？　蜘蛛くらいで大騒ぎして呆れているのかも。

「そんな大事にしないでください。私、蒼さんの手を煩《わずら》わせないよう、少しずつ虫にも爬虫類にも慣れるよう努力しますから」

「そんなに頑張らなくていい。また無理して倒れられたら困るから」

蒼さんが私の頬に触れて、目をしっかりと合わせてくる。

なんだか彼から圧を感じて、それ以上反論できず「はい」と頷いた。

風邪で倒れたこともあって、かなり心配されている？

蒼さんが私のことをどう思っているのか気になってジーッとその顔を見ていたら、彼が少し話題を変えた。

「じゃあ、美雪の好きなものは？　動物でも食べ物でも」

好きなものはたくさんあるから、なんて答えていいか迷った。

「動物は犬とか猫とか？　食べ物は……ケーキとか、冬は鍋料理とか……」

「鍋料理ね。今夜、鍋にしようか。白菜とか身体温まるし、俺も久々に鍋食いたい」

「ふふっ、夫婦の会話みたいですね」

蒼さんの言葉を聞いてなにも考えずに笑ってそんなことを言ったら、彼が真顔でつっこんできた。

「みたいじゃなくて、俺たち夫婦だけど」

なんだろう。蒼さんの顔が怖い。

「……そうでしたね」

苦笑いしながら返す私を見て、彼の目がダークに光った。

「実感足りない？　もっとスキンシップ増やそうか？」

キスだってされたのに、これ以上なにかされたら絶対に卒倒する。

「いえ……大丈夫です。あの……私、これから食材を買いに行きます」

遠慮がちに断ってさりげなく逃げようとするも、阻まれた。

「今日は雪降ってるのに、病人は外に出ちゃダメだ。ネットで頼んで宅配してもらうから大丈夫だよ」

「ああ、その手がありましたね」

ちょっとがっかりする私を見て、彼がクスッと笑う。

「すごく残念そうな顔してる。美雪って結構顔に出るな」

「あ〜、お願いですから人の表情そんなに読まないでください」

そんなことされたら、いつか私が彼のことを好きだとバレる。

それこそ彼は私のことを迷惑に思うだろう。

両手で顔を覆って隠したら、彼が私の手を掴んでにっこり微笑んだ。

「俺もね、結婚していろいろ学習してるんだ。奥さんの奇妙な行動に対処するための手段だよ」

ゴクッと唾をのみ込み固まる私の額に、彼が顔を近づけてチュッと口づける。

「仕事片付けてくる。美雪はテレビでも見てゆっくりしてるといい。休むのも仕事のうちだよ」

蒼さんは私にしっかり釘を刺すことも忘れない。私の頭をポンとしてリビングを出ていく。

彼がいなくなると、脱力してソファに座り込んだ。

テレビをつけてたこともすっかり忘れてた。刺激が強すぎて、頭でちゃんと消化できない。

彼がアメリカに行ってた四年間は、時間が流れているのかっていうくらい毎日単調だった。なのに、今は光速で時間が過ぎていくよう。しかも毎日密度が濃い。

私の心臓が持つ気がしない。好きな人と結婚するって、毎日ジェットコースターに乗ってるみたいだ。

しかも、相手はただの人ではない。大企業の御曹司で、頭脳明断の超絶美形。

ミミズは嫌いだけど、ミミズくらいたくさん心臓が欲しい。

これから私どうなるんだろう。

しばらくソファに座って放心していた。


それから数時間後――。

「この鱈《たら》、美味しいです。こたつで食べたらもっといいかも」

蒼さんが寄せ鍋を作ってくれて、ダイニングでふたりで食べていた。

「こたつねえ、風情あるけど、うちには置けないな」

彼のコメントを聞いて、苦笑いする。

「インテリアに合いませんよね」

変なこと言っちゃったな。このスタイリッシュな部屋に置いたら、そこだけ異質な空間になりそうだし、有栖川家の御曹司がこたつに入ってほっこりしてる姿なんて想像つかない。

「いや、そこが問題じゃなくて、美雪が毎日こたつで寝そう」

彼が箸を止めて、ジーッと私を見つめてくる。

「うっ……否定はしません」

一緒に住んで一カ月も経っていないのに、彼は私の性格を知り尽くしている気がする。

「うちの母親の実家が福島《ふくしま》なんだ。冬だとこたつあるから、今度遊びに行ってみるか？」

え？　私が行って大丈夫なんだろうか？

だって私たちは愛し合って結婚したわけではないし、彼に好きな人ができたら離婚するのだ。

でも、彼も本気ではないかもしれない。雰囲気を壊さないように言ってるだけかも。

「いいですね」

ニコッと笑顔を作る私を、彼がしばし見つめてきてドキッとした。

「きっと雪もいっぱいあるだろうし、雪遊びを楽しめるよ」

「子供じゃないですよ」

ちょっと拗《す》ねてみせたら、彼が小さく頷いた。

「そうだな。もう子供じゃない」

どこか謎めいたその瞳。

蒼さんは表情で私の考えがわかるようなことを言っていたけれど、私は彼の顔を見てもよくわからない。

「……そういえば、この日本酒も福島のお酒なんだ。ちょっとだけ飲んでみるか？　風邪引いてるから、味見だけ」

蒼さんが思い出したように言って、私におちょこを差し出す。

お酒は私が飲んでほしいと彼に勧めたのだ。

「はい」と返事をして、彼からおちょこを受け取る。

考えてみたら、これって……間接キスだよね。普通のキスまでされたのにこんなことを気にするのはおかしいかもしれないけれど、いいのかな？

チラッと蒼さんに目をやると、彼が怪訝な顔をした。

「ん？　どうした？」

「なんでもないです。いただきます！」

間接キスになるって言ったら笑われそう。

　ゴクッと一気に流し込む私を見て、彼が呆れ顔で注意してきた。

「こら、一気に飲んじゃダメだ。風邪も引いてるんだから」

「ごめんなさい。つい、癖で」

　苦笑いしながら謝る私を、彼がスーッと目を細めて見つめてくる。

「外でもこんな風に飲んでいるのか？」

　なんだか尋問モードに入っていませんか？

「社会人になってから、場の雰囲気もあって、気合いを入れて飲もうと……」

　オロオロしながら答えると、彼はやれやれといった様子で額に手を当てた。

「そんな気合い入れなくていい。自分の好きなペースでいいんだ……って、美雪はわからずに人に勧められたら限界超えても飲みそうだな。外ではあまり飲まないように」

「努力します」

　蒼さんが保護者目線で注意してきたので、安心させるように笑顔で返事をした。しかし、彼は信用できないのかボソッと呟く。

「……なんだか心配だな」

「大丈夫です。これでも社会人四年やってますから」

　ハハッと笑ってみせる私に、彼は疑いの眼差しを向けてきた。

「その変な自信がちょっとね」

結婚前の蒼さんだったら、『そう』とか相槌を打つだけだっただろう。今の彼は遠慮なくつっこんでくるけれど、その方が彼を身近に感じられて嬉しい。

和やかに雑談をしながら鍋を食べ終え、後片付けを手伝おうとしたら、彼に止められた。

「片付けはいいから、もう寝たら？」

「大丈夫です。蒼さんは仕事ありますよね？　ここは私に任せてください」

今日はリモートワークで、私の面倒まで見させてしまったのだから、片付けくらいはさせてほしい。

笑顔で押し切ると、彼は「わかった。じゃあ書斎で仕事してくる」と折れてこの場を離れる。彼がいなくなると、後片付けをして、軽くシャワーを浴びた。

身体が綺麗になったのはいいけれど、かなり体力を消耗した気がする。

「……疲れた」

息を吐きながら言って、脱衣場の床に座り込み、しばし休憩。

パジャマを着て髪を乾かすと、風邪で弱っているせいかふらふらした。

こんな状態で明日会社に行けるのだろうか。

バスルームを出て、リビングのソファにドサッと腰を下ろしたら、無性に眠くなってきた。

明日の朝食の準備もあるけど、ちょっとだけ寝よう。

ソファに横になって目を閉じると、すぐに眠りに落ちて……。

「またここで寝てる。ホント、こんな世話が焼ける子は初めてだ」

それは蒼さんの声。

呆れが交じった声で言われ、次の瞬間身体がふわっと浮いた気がした。

ゆらゆら揺れてなんだか心地いい。

海の上に浮かんでいるような、そんな感じがする。

ああ、これはきっと夢——。

だって私はソファで寝ていたはず。

「よく俺なしで生きてこられたな」

蒼さんの声がとても優しくて、なんだか心があったかくなる。

彼とずっと一緒にいられたらどんなにいいだろう。

望んじゃいけないのはわかってる。それでも、彼が好きで好きでしょうがないのだ。

彼が私に優しいから、一緒に住んでいるとつい『好き』って言ってしまいそうになる。

ずっと我慢してきたけど、もう限界だ。

夢の中でなら告白してもいいよね？　私の思いが邪魔になることなんてないもの。

目を開けると、大好きな人の顔がすぐ近くにあった。

「有栖川さん……好き」

衝動を抑えられず彼に抱きついたら、クスッと笑われた。

「だから美雪も有栖川だって。その好きっていうの、ちゃんと起きている時に言ってくれないか？」

私への要望なのか、彼のひとり言なのかわからない。

彼は私を抱き返すと、極上に甘い声で告げる。

「俺も美雪が好きだよ」と——。

その言葉を聞いて思った。

やっぱりこれは夢だ。仕方なく結婚した私を彼が好きなんてありえないもの。

どこか虚《むな》しさを感じながら再び目を閉じる。

次に目が覚めた時、私はベッドにいた。

奥さんが愛おしくて……　―　蒼side

「あれ？　いない。どこに行った？」

書斎で少し仕事をして寝室に行くと、美雪の姿がなかった。

てっきりもう寝ていると思ったのに……。シャワーでも浴びてるのか？

だがバスルームに彼女の姿はなく、リビングに行くと、ソファで横になって寝ていた。

「またここで寝てる。ホント、こんな世話が焼ける子は初めてだ」

おちょこ一杯で酔ったのか、それとも風邪だから体力がなくて寝たのか……。

文句を言いつつもかわいく思える。

彼女をそっと抱き上げて、ポツリと呟く。

「よく俺なしで生きてこられたな」

もう少しも目を離せない。俺が海外出張でいなくなったら、どうなるんだろう。

ひとり暮らしの時は、後輩たちに助けてもらったんだろうな。

それが女性ならなんとも思わないが、男性だと思うと心中穏やかでいられない。

ジーッと美雪を見つめて考えていたら、突然彼女が目を開けて抱きついてきた。

「有栖川さん……好き」

思わぬ告白に自然と笑みがこぼれた。当の本人は寝ぼけているのか、うつろな目をしている。

まあ、普通に起きている時なら、こんなこと絶対に言わないだろう。

幼稚園児のような告白だけど、愛おしさが込み上げてくる。

今まで告白はたくさんされてきたが、どれも俺の心を動かすものではなかった。

なのに、彼女の告白はお日さまのように温かい気持ちになるのだ。

「だから美雪も有栖川だって。その好きっていうの、ちゃんと起きている時に言ってくれないか？」

寝ぼけている時じゃないと本当の気持ちは言ってくれないかもしれない。

彼女の告白を待っているだけじゃダメだ。俺からもちゃんと伝えないとな。

美雪をしっかりと抱きしめて、彼女にゆっくりと告げる。

「俺も美雪が好きだよ」

きっとこの告白を彼女は覚えていないだろう。

それでも構わない。彼女の心に刻むように何度でも言うから。

美雪はなにも言葉を返さない。

彼女に目を向けると、また寝入ってしまったのか目を閉じていて、拍子抜けした。

人生初めての告白で相手に寝られる。

なんだかおかしくて笑いが込み上げてきた。悠馬に言ったら爆笑されそうだ。

美雪を抱き上げて、寝室のベッドに運んで寝かせた。

昨日と比べて呼吸が落ち着いていて少し安堵するが、玄関のインターホンが鳴って慌てて寝室を出る。

玄関のドアを開けると、会社帰りなのか、スーツ姿の悠馬が立っていた。

「来るならまず連絡をくれよ。彼女が寝たところなんだ」

小声で悠馬を注意するが、こいつは謝るような玉ではない。すぐに俺を弄ってくる。

「赤ちゃんが生まれた家のパパみたいな反応だな。最初は渋々結婚したはずなのに、奥さんのためにリモートワーク。しかも、今日ウェブ会議の時に奥さんの叫び声を聞いて、お前一回席を外したそうじゃないか」

実は蜘蛛騒ぎの時、俺はうちの会社の役員たちとウェブ会議をしていた。

「仕方ないだろ？　尋常じゃない叫び声だったんだから」

俺も焦っていたせいか、パソコンをミュートにするのを忘れていて、俺と美雪のやり取りが役員たちにも聞こえていたらしい。

「最初は役員たちも何事かって騒いでたみたいだぞ」

「ああ。そうらしいな。社長から聞いたよ」

俺が再びウェブ会議に戻って事情を説明すると、皆ホッとした様子で笑っていた。

まあ、専務は自分の娘のことなのでいろんな意味でひとり顔を青くしていたけど。

「社長が来年は孫を抱けるかもって、会長と嬉しそうに話してたなあ」

「また本人たちがいないところで勝手なことを」

美雪に変なプレッシャーをかけないといいが。

「で、奥さんの具合はどうなんだ？」

「だいぶよくなった。明日は午後から出社する」

念のため朝は彼女の様子を見た方がいいだろう。

「わかった。まあ明日の午前中は社内の打ち合わせだけだから問題ない。あと、これ、会長と社長からお見舞い」

悠馬が有名ホテルの紙袋を俺に手渡す。中身はフルーツケーキだった。

「ああ。悪い」

「あと二十三日の夜の社内表彰のパーティー、うちの海外支社の幹部も集まるらしい。

お前の奥さんの予定も押さえておくようにって社長が言ってた」

「パーティーね。美雪は気が進まないだろうな。苦手なんだ、そういうの」

彼女は人前に出るのがあまり好きではない。しかも、俺の妻として出席するのだから気が重いだろう。もう周囲にも秘密にしておけないしな。

「そこはお前がうまくリードして支えてやれよ。じゃあ、お大事に」

悠馬が去っていくと、もらったフルーツケーキを冷蔵庫にしまう。

それから午前二時まで書斎で仕事をして、シャワーを浴びると寝室へ――。

美雪は静かに寝ていて、その額に手を当てると熱はなかった。

これなら明日には完治しそうだな。

「おやすみ」

そっと美雪の額にキスを落としたら、彼女がパチッと目を開けた。

「悪い。起こしてしまったな。まだ起きるには早いから寝てていい」

苦笑いしながら寝室を出ていこうとしたら、彼女に手を掴まれた。

「蒼さんは？」

俺を下の名前で呼んでいるということは、完全に目が覚めているようだ。

「俺はソファで寝る」

笑顔を作ってそう伝えるが、彼女は俺の手を離さない。

「ソファじゃよく眠れませんよ。ベッドで寝てください。私はもう元気になりましたからソファで寝ます」

起き上がろうとする彼女を、慌てて止めた。

「だから、それはダメだ。結局、美雪が気になって眠れない」

「私だって同じです。じゃあ、一緒にベッドで寝ましょう？　あっ、でも風邪うつるかな？」

美雪からそんな提案をされて、ビックリした。

「キスもしてるし、うつるならもううつってるよ。それよりいいのか？　俺と寝るの嫌じゃないのか？」

美雪は男性経験がないから、俺と一緒に寝るのはかなり抵抗があるだろう。

昨日は同じベッドで寝たが、彼女は意識がほとんどなかったし。

「嫌じゃ……ないですよ」

少し恥ずかしそうに答える彼女に、しつこく確認する。

「俺も男だから美雪を抱くかもしれない」

俺の発言に驚いて、彼女が目をパチクリさせた。

「え？　今なんて……？」

聞き返す彼女をまっすぐに見て告げる。

「一緒のベッドで寝たら、美雪を抱くよ。それでもいいのか？」

それは嘘ではなく俺の本音。

美雪を好きだと自覚した以上、手を出さないでいる自信がなかった。

昨日抱かなかったのは、彼女が熱でうなされていたから。

さすがにこれなら嫌だと言うと思ったのだが、彼女は俯きながら「……いいですよ」とボソッと返す。

「本当に？」

ちゃんと理解しているのか心配で聞き返したら、彼女が顔を上げて俺を見つめた。

「ずっと……あなたが好きだったから」

ためらいながらも、美雪は自分の思いを口にした。

その透き通った声が、俺の頭に浸透していく。

彼女の気持ちは知っていたけれど、ちゃんと意識がある時に告げられると、嬉しさが込み上げてくる。

すぐに言葉を返せない俺に、彼女が続けて言う。

「私……結婚式の時に誓いのキスで唇にキスされなかったし、女として見られていないのかなって思っていたから……嬉しいです」

勇気を出して言う彼女がかわいくて、なんだか心が温かいもので満たされた。

「俺も美雪が好きだよ」

自分の気持ちを伝えるが、彼女はハッとした表情で「……嘘」と呟いて、信じてくれない。

「嘘じゃない。それに、ちゃんと女として見てるよ。式の時は婚約してからずっと避けられていたから、嫌われているのかと思っていたんだ」

もう誤解なんかさせたくなくて、彼女の目を捕らえて言った。

「それは恥ずかしかったからで……」

気まずそうに言う彼女を見て、愛おしさが溢れてくる。

「ああ。もう知ってる。美雪のそういうとこも好きだよ」

俺の言葉を聞いて、彼女が目を潤ませた。

「……蒼さん。これ、夢じゃないですよね？　こんな夢みたいに幸せなことが現実に起こるなんて……」

「ああ。夢じゃない。これは現実だ」

小さく微笑むと、彼女に顎をクイと掴んで口づける。

「これからは夢よりも、現実の方が幸せだって思わせてみせる」

好きだと気づいてからは触れずにはいられない。柔らかくて甘い彼女の唇が俺の理性を奪う。

唇を合わせるだけでは足りなくて、角度を変えて彼女の唇を何度も甘噛みした。

だが、それで終わりにはできない。

「美雪、口開けて」

「ん……んん」

美雪が俺に言われた通り口を開けると、彼女の頭を掴んで舌を入れて口内を探った。

クチュッと室内に響く水音。俺と美雪の息遣い。

彼女のシャツを脱がすと、俺も着ていた上着を脱いでベッドに上がる。キスをしながら美雪の背中に手を回してブラを外したら、彼女が両手で胸を隠した。

「待って。私……胸小さい」

「小さくない。華奢なわりに胸あるし、綺麗だよ。それに、もう何度か見てるんだ。隠す必要なんてない」

美雪を押し倒し、その両腕を掴んで、形のいい胸に口づけた。

「あっ……」と声をあげる美雪を見て、クスッと笑う。

「感じやすいんだな」

「し、知らない」

美雪がつっかえながら言ってそっぽを向くと、シーツをギュッと掴んだ。

「あの……私、初めてで……緊張してて……」

「見ればわかるよ」

彼女の不安が俺にも伝わってくる。

「がっかりさせたらごめんなさい」

「俺のために取っておいてくれたんだから、がっかりなんてしない」

美雪はずっと俺だけを見ていてくれた。

「蒼さん……」

「俺も美雪をがっかりさせないよう頑張らないとな」

美雪の緊張を解そうとニコッとしながら、その唇にキスをする。

もう彼女の唇の形も、感触もわかってきた。

俺の唇にしっくり馴染むように感じる。それは俺が彼女を好きだからだろうか？

美雪の唇を味わいながら、彼女の胸を両手で愛撫《あいぶ》する。

「あ……んんっ！」

身を捩《よじ》って喘《あえ》ぐ美雪がなんとも色っぽい。

緩急をつけて胸を揉み上げ、彼女の首筋に唇を這わせた。

白磁のように白い肌。

俺の手にピッタリと収まる柔らかな胸。

自分だけのものにしたいというオスの本能が目覚める。

彼女の身体中にキスをして自分のものだという印をつけていく。

その度に「あっ……」と美雪が声をあげて、ますます欲情する。

もっともっと彼女が欲しい。

美雪の身体の中心に手で触れれば、彼女がとっさに足を閉じた。

「大丈夫だ。怖くない。俺を信じて」

宥めるように言って、彼女の太腿に舌を這わせながら指で脚の付け根を愛撫する。

「ああっ……あん！」

身体を反らし、シーツを足の指で掴んで乱れる様はなんとも艶《なま》めかしく、そして美しい。

こんな彼女を俺しか知らないのだ。

初めて知る優越感。

目で見て、唇で触れ、手を使ってじっくりと美雪を堪能する。

しかし、大事なのは彼女も感じるということ。

これでもかっていうくらい甘く、優しく美雪に触れていき、身体をゆっくりと重ねた。

「んんっ……」

美雪が痛みをこらえているのか顔をしかめる。

「大丈夫か?」

「ちょっと痛いけど平気です。慣れたら気持ちよくなるって……」

純粋培養で育った彼女から衝撃的な発言が飛び出してきて目を見開いた。

「それ、誰から聞いた?」

「麻……友達が言ってて……」

言い直したけど、友達の名前を言いそうになったな。

恐らく、美雪にそんなことを教えているのは、俺の親友の奥さんだろう。

「無理しなくていい。少しずつ進めていく方法だって……」

美雪の様子を見て引こうとしたら、彼女が俺の背中に腕を回してしがみついてきた。

「ダメ！　途中でやめるのは男の人がつらいって、麻美……あっ、友達が。と、とにかく大丈夫です。このまま続けて……ください」

美雪の大丈夫は当てにならない。だが、ここでやめたら逆に彼女の心を傷つけてしまうだろう。

「わかった」と短く返事をして、美雪の唇に甘く口づける。

彼女もそのキスに応えてくれて、もう自分を止められなくなった。

愛おしいからこそ、彼女の全部が欲しい。

美雪をかき抱いて、自分の腰を動かす。

身体が熱い。互いの息遣い、汗、体温……すべてが合わさっていく。

「あん……ああん！」

激しく喘ぐ彼女の手を強く握って囁く。

「美雪、俺の名前呼んで」

「蒼……」

少し掠れていたけど、彼女の声を聞いて微笑む自分がいる。

惚れた女に名前を呼ばれるのがこんなにも嬉しいなんて知らなかった。

俺も「美雪……」と名前を呼んで、彼女の身体を一気に貫く。

最高潮に達し、お互いベッドに突っ伏した。

しばらく息を整えると、もうクタクタになっている彼女を腕に抱きながら告げる。

「美雪、今ならはっきり言えるんだ。野点の会で出会ったのが、結婚したのが、美雪でよかった」

自分が思っていることを彼女に伝えたかった。言葉にすることがどんなに大事かわかったから、もう二度と後悔なんてしたくない。

「無理してませんか?」

俺の瞳を覗き込んで確認する彼女に、甘く微笑んだ。

「全然。本当に美雪が俺の奥さんでよかった……って、なんで泣く?」

目に涙を溜めて彼女が突然泣きだしたので、ハッとする。

「これは……嬉し涙……です」

自分の目元を手で拭いながら必死に言い訳する彼女を見て、なんともいえない気持ちになった。

俺が美雪を守らないとな。

「俺の奥さんって本当に泣き虫だな。嬉しくても泣くのか。ひとつ学んだよ」

美雪の涙を俺の唇で拭ってそう言ったら、彼女が咎めるように返した。

「また……観察してる」

上目遣いに言うのがなんともかわいくて、笑みが溢れる。

「美雪のことをもっと知りたいからだよ」

「私のことなんて……関心なかったくせに……」

彼女の恨み節を聞いて、少し胸が痛くなった。

「それは本当に悪かった。恋愛に興味がなかったんだ。結婚するまでは仕事のことしか頭になかった」

同じ学校に通っていた時は、彼女をそっと見守っていたものの、大学卒業後は夢を叶えるために、仕事に集中した。ひどい男だと責められても仕方がない。ずっと彼女との関係を曖昧にしていた自分をぶん殴ってやりたい。

時を戻せるなら……、あの野点の会に戻ってやり直せたら、二十年も彼女を待たせなかったかもしれない。

だが、終わったことを嘆いても、過去は変えられない。

「知ってます」

クスッと笑う彼女を見て、つくづくいい奥さんをもらったと思った。

俺を許す……というか、俺のすべてを受け入れている目をしている。

見返りを求めない彼女の一途な思いが、恋愛嫌いだった俺の心を優しく溶かしたのだろう。

「でも今は、美雪のことで頭がいっぱいだ」

そう。もう俺には美雪しか見えない。

「たとえ嘘でも……嬉し……い」

彼女が目を閉じながらそんな言葉を口にする。

もう今すぐにでも寝そう。まだ病み上がりなのに無理させてしまったな。

「嘘じゃない」

俺の胸に頬を寄せてくる彼女の心に深く刻みつけるように、もう一度思いを込めて言う。

「美雪、好きだよ」と――。

「……ん……有栖川……さん」

美雪の寝言で目が覚めた。

ああ、そうか。美雪を抱いた後、少し話して、それから寝たんだっけ。

彼女が意識しないで俺を下の名前で呼ぶようになるには、どれくらいかかるのだろう。

ベッドサイドの時計に目をやると、午前六時を回っていた。

二時間ほど寝ただろうか。身体はそんなに疲れていないし、頭もスッキリしている。

美雪は大丈夫だろうか？

ぐっすり眠っている彼女の額に手を当てるが、熱はなくてホッとする。

結婚するまで自分は誰に対しても無関心だったし、いつだって冷静沈着だった。

でも、今は美雪のこととなると我を忘れる。

熱は下がったが、まだ体力は戻っていないだろう。今日も会社を休ませた方がいいな。

チュッと美雪の唇にキスをすると、彼女を起こさないようそっとベッドを抜け出し、シャワーを浴びた。

その後、悠馬に電話をして、美雪が体調不良で休むと研究所の秘書に連絡するよう指示を出す。勝手に連絡してと美雪は文句を言うかもしれないが、もう俺たちの関係をオープンにしてもいいだろう。

書斎でしばらく仕事をしていると、寝室のドアが開く音がした。

美雪が起きたか？

具合を確認したくて書斎を出たら、彼女が廊下で頭を抱えていた。

「寝坊した～。なにやってるんだろう」

「大丈夫だ。今日は休むって連絡してあるから」

美雪の頭をクシュッとして、優しく微笑んだ。

「え？　ええ～⁉」

一瞬固まったが、彼女はすぐに俺を見たまま絶叫した。

賑《にぎ》やかな朝だな。

「蒼さんがですか？」

強張った表情で確認してくる彼女に、淡々と事実を伝える。

「いや、悠馬に研究所の秘書室に連絡を入れさせた」

「……マズい」

顔を青くする彼女を、じっと見据えて告げる。

「全然マズくない。もう周りに知らせてもいいだろ？　本当の意味で夫婦になったんだから」

「そ、蒼さん、シー」

誰もいないのに、美雪は顔を赤くしながら唇に人差し指を当てて、俺に黙るように言う。

青くなったり、赤くなったり、見ていて飽きないな。

「俺と結婚してるのが恥ずかしいのか？」

彼女が否定するのをわかっててあえて聞いた。

「そんなことあるわけないじゃないですか？　逆です。私が蒼さんの奥さんだって知ったら、みんながっかりするだろうなって」

不安そうな顔をする彼女を腕に抱きしめ、その背中を優しく撫でる。

「俺はがっかりしていない。そもそもがっかりしてたら、美雪を抱かなかった。だから、自信を持って堂々としていればいい」

「蒼さん……」

まだ自信なさそうな顔をする彼女に、言い聞かせる。

「美雪は俺の……有栖川蒼の妻だよ」

みんなに結婚報告できました

「神崎さん、今日の忘年会参加できますか？」

二日間休んで溜まったデスクの上の書類を片付けていたら、田辺くんがやってきた。

「うん。大丈夫。たくさん、食べるよ。焼き肉だしね」

手を止めてニコッと微笑む私を見て、彼が心配そうに聞いてくる。

「風邪はもう平気ですか？」

「すっかりよくなったよ。引っ越しもあって疲れてたんだと思う。今は、滅茶苦茶元気だから」

両腕で力コブを作ってみせると、田辺くんがハハッと笑った。

「全然筋肉ないですよ。ぺちゃんこじゃないですか。まあ、無理しないでくださいね」

「うん、ありがと」

礼を言ったら、彼がジーッと私の左手を見つめてきてギョッとした顔をする。

左手の薬指には包帯。私がさっきトイレで巻いたのだ。

「指、また怪我したんですか？」

「ああ、うん。同じところをやっちゃって。でも、見た目ほど痛くはないの」

嘘をついて胸がチクッと痛む。

本当は怪我なんてしていない。結婚指輪を隠しているだけ。

昨日蒼さんに結婚を隠すのはやめようと言われて、会社のみんなにも話すか悩んだ。で、今もまだ悩んでる。すべて私の自信のなさが原因だ。

この二十年彼に相応しいお嫁さんを目指して頑張ってきたのに、それでもまだまだだと思う自分がいる。

蒼さんといる限り、この気持ちは一生続くのかもしれない。

彼は私のことを恥じていないのに……。

蒼さんが昨日私の欠勤連絡を中西さんにさせたのだって、私を妻と認めてくれているからだ。なのに私は今日出勤するのが怖かった。私が彼の奥さんだって会社のみんなに知られたら、陰口を叩かれるだろうって思ったから。

実際は、所長秘書の子に『神崎さんて、副社長秘書の中西さんと親しいの？』って勘違いされただけだった。そのことに安堵している自分が嫌だ。

「……さん、神崎さん？」

「あっ、ごめん。ちょっとボーッとしてた」

「なんか危なっかしいな。ホント、気をつけてくださいよ。なんなら僕が夕飯作りに行きますよ」

会社の寮に住んでた時は、醤油の貸し借りもしていたから、そのノリで言っているのだろう。コンビニがちょっと遠かったから、助かっていた。

「うち目黒だし、家族と住んでるの。その気持ちだけいただいておくね」

丁重に断るが、内心は動揺していた。

家に来られたら、蒼さんが夫だってバレる。

「田辺〜、なに神崎さん、口説いてんの?」

田辺くんと同期の井村くんがやってきて、ニヤニヤ顔でからかってきた。

井村くんは赤髪で短髪のウルフヘア。見た目は派手だけど、田辺くんと同じくらい優秀な研究員だ。

「違う。今日の忘年会来るかの確認」

田辺くんの言葉を聞いて、井村くんは私にニパッと笑う。

「ああ。神崎さん用の特等席用意しとくんで、絶対に来てくださいね」

「それ、怖いよ。どっか隅っこでいいよ」

私にはそんな目立つ席は苦痛でしかない。

苦笑いしながら断ると、田辺くんが小さく微笑んだ。

「神崎さんらしいですね。じゃあ、また。さあ、お前も実験室来い」

田辺くんが井村くんの首に腕を回して実験室に連れていく。

「相変わらず仲いいな」

ふたりの姿を見送ると、溜まっていた仕事を片付けた。

お昼前に中西さんから蒼さんが午後一時に来ると連絡があったので、お昼は売店で買ったサンドイッチをつまんで済ませ、蒼さんの執務室のデスク周りを整理しておく。

うちの部のデモをアメリカ支社の幹部に見せたいということで、部長や研究員さんにも準備をしてもらった。

午後十二時五十五分に正門から副社長の車が通ったと内線があり、正面玄関まで迎えに行く。

ちょうど車が横付けされて、蒼さん、中西さん、それに長い黒髪の女性が現れた。

彼女がアメリカ支社の幹部？　年は蒼さんと同じくらいだろうか？

ダークグレーのパンツスーツに長い巻き髪。モデルのように背が高くて手足が長く、切れ長二重の美人。見るからにキャリアウーマンという感じだ。

この人……どこかで見覚えがあるような。

あっ……確か、蒼さんがアメリカから送ってきたクリスマスカードの写真に写っていた人だ。間違いない。今考えると、あの写真は中西さんが選んだんだろうな。

「お待ちしていました。神崎です。こちらで副社長の担当をしています」

姿勢を正して、パンツスーツの女性に挨拶すると、隙のない笑顔で返された。

「アメリカ支社のセールス部門担当の望月です。急にごめんなさいね。今日はよろしくお願いするわ」

「こちらこそよろしくお願いします。副社長、今日は新しいデモもお見せできるそうです。詳細は高野部長から説明があると思います」

蒼さんに目を向けると、彼はどこか観察するように私を見ている。

「それは楽しみだな。手配してくれてありがとう」

優しく微笑んでいるが、その目はなにか言いたげに私の左手に向いていた。

絶対に薬指の包帯見ているよね？

思わず右手で隠し、彼らを実験室に案内する。

背後で蒼さんと望月さんが親しげに話しているのが気になった。

「私、研究所の視察って初めてなのよ。やっぱり売る側も開発の現場は知っておかなきゃいけないから、蒼がタイミングよく副社長になってよかったわ」

「俺を利用する気満々だな。まあ、それで販売が伸びるなら、いくら利用されてもいいけど」

「ふふっ、寛大ね」

望月さん……蒼さんのこと、下の名前で呼ぶんだ。でも、同じアメリカ支社にいたのなら普通のことかもしれない。

そう自分に納得させるけど、胸がざわつく。

実験室に着くと、高野部長が出迎えた。田辺くんや井村くんたちがデモの準備をしている間、高野部長は望月さんに資料を見せながら実験の説明をする。その時、蒼さんが私に近づいてきて、声を潜めた。

「体調は大丈夫か？」

「……大丈夫です」

周囲の目を気にしながらボソッと答えるけど、彼の質問は続いた。

「いつになったら有栖川って名乗ってくれる？」

それ、今聞きますか？

「こ、心の準備ができてから」

そう返して蒼さんから視線を逸らすと、彼が私の左手を握ってきてドキッとした。

ちょっ……ちょっ……他に人がいるのになにを！

とっさに視線を彼に戻し、目で訴える。

「あまり待たせると、俺がこの包帯、みんなの前で外すよ」

悪戯っぽく笑って彼が包帯に触れてくるが、私は誰かに見られるんじゃないかと気が気じゃなかった。もう本当に心臓がいつ止まってもおかしくない。

いつ手を離してくれるんですか？

息を止めて蒼さんの顔を見ていたら、望月さんが彼を呼んだ。

「蒼、このデモ、動画があったらうちの部のメンバーに見せたいんだけど」

蒼さんが何事もなかったかのように私の手をパッと離して、彼女のもとに行く。

「まだプレスリリース前のものだし、所内で話し合ってから回答するよ」

「そこは即答してほしかったわ。スピーディーにお願いするわね」

フフッと美しい笑みを浮かべながら、望月さんが蒼さんの腕に親しげに触れる。

それを見て、なんだか気分が悪くなった。

私は蒼さんの奥さんなのに、あんな風に触れられない。

お願い、彼に触れないで。お願い。

これは……嫉妬だ。彼が彼女に素っ気なければ、こんな感情は抱かないのに、私ってなんて醜いんだろう。

ふたりとも美形で、私よりも望月さんの方がお似合いに見える。

同僚としても信頼し合っている様子。とても仲がいいのだろう。

あの写真のパーティーでも、彼女をエスコートしていたんじゃないだろうか？

蒼さんが女性と親しくするのは珍しい。いつだって彼は女性と距離を保っていたから。でも、彼女は違うんだ。

「神崎さん、大丈夫ですか？　顔色が悪いですよ」

いつの間にか田辺くんが横にいてハッとした。

「だ、大丈夫。光の加減でそう見えただけだよ。私は戻るね。あとはよろしく」

笑顔を作ってごまかし、彼に小さく手を振ってこの場を去る。

落ち着け、落ち着け。

蒼さんがモテるのは昔から知ってた。それに、彼は私を抱いてくれたじゃない。

『俺も美雪が好きだよ』って言ってくれた。

彼の言葉に嘘はなかったと思う。だって、彼は嘘をつく人じゃない。

彼女は同僚だったってだけ。きっとそう。蒼さんが彼女を好きなら、いくらおじいさまの命令だろうと、私と結婚しなかったはずだ。

　自分の席に戻ると、溜まったメールを処理して仕事に集中する。

　師走《しわす》だから、やることはいっぱいある。取引先に年賀状も書かなきゃいけないし、来年のカレンダーの数量の確認だってある。

　悩んでる暇はない。手を動かせ。なんのためにここに入ったか考えろ。

「少しは休憩したら？　研究員も言ってたけど、顔色悪いよ」

　突然蒼さんの声がしてパソコン画面から顔を上げると、目の前に彼がいてビックリした。

「ありがとうございます。私は大丈夫ですので」

　周囲に目を向けながらかしこまった態度で返答する私を、彼が腕を組んで睨んでくる。

「ちゃんと休まないと、強行手段に出るけど」

　強行手段ってなにをする気？　彼なら脅しではなく本当にやりそうだ。

「……はい」

　反論せずにパソコンのキーボードから手を離すと、彼が温かいミルクティーのペットボトルを私のデスクに置いた。

「これ飲み終わるまでは休憩すること。いい？」

「はい。……ありがとうございます」

仕事中なのに私の心配してくれるなんて……。

しっかりしなきゃ。これじゃ逆じゃないの。私が彼を支えなきゃいけないのに。

「無理はしないように」

周りにわからないように私の左手をギュッと握ると、蒼さんは近くにいた中西さんに声をかけた。

「悠馬、社長にも今日のデモ見せたいから、年内にどこかで社長の予定押さえといて」

「了解」

ふたりがそんなやり取りをして高野部長の部屋に入っていく。

お茶を淹《い》れようと椅子から立ち上がったら、望月さんが私に話しかけてきた。

「蒼の奥さんってあなたでしょう？　彼のような素敵な人が旦那さまだと大変よね。女性からの誘いも多いだろうし」

同情するように言われたけれど、これは嫌みだ。

「わかっています」

少し動揺しつつもなるべく平静を装って答えるが、彼女はまだ続ける。

「あなたには荷が重いんじゃなくて？」

そんなの、彼の婚約者になった時から知っている。他人に言われるまでもない。

「たとえそうだとしても、私が選んだ人生ですから」

思わずカッとなって語気を強めて言い返すと、彼女はほくそ笑んだ。

「まあ離婚されないよう頑張ってね」

「おい、望月、もたもたしてないで来いよ」

部長室のドアが開き、中西さんが顔を出して望月さんを呼んだ。

「今、行くわ」

コツコツと靴音を響かせて、彼女は部長室に入っていく。

そんな彼女の後ろ姿をじっと見据えながら、ある覚悟を決めた。

いつまでも殻《から》にこもっていられない。私はもう有栖川美雪なんだもの。


その後、なんとか仕事を片付けて、忘年会の会場の焼き肉屋へ——。

時刻は午後六時半過ぎ。

店の奥にあるお座敷を覗くと、四十人ほどが集まっていて雑談をしている。

お座敷の出入り口の前に立っていたら、田辺くんに後ろから声をかけられた。

「神崎さん、ギリギリですね、部長さっき来ましたよ。今日顔色悪かったから、来ないかと思いました」

「休んでたから仕事が溜まっててね。でも、マッハで片付けたよ」

誇らしげに言ったら、彼がクスッと笑って褒めてくれる。

「さすが、神崎さん。飲み物なんにします？」

「烏龍茶にしようかな」

病み上がりだから、あまり飲まない方がいいよね。

「なにか手伝うよ。会費とかもう集めた？」

「そこはバッチリです。神崎さんはそこ座っててください」

田辺くんが中央の席を指差したので、ハハッと苦笑した。

「あっ、うん。その前にちょっと化粧室に」

本当に特等席だ。まあ、宴会が始まればそのうち席の移動もあるかな。

化粧室へ行くと、蒼さんにメッセージを打った。

【今日は部の忘年会で帰るのが遅くなります】

中西さんには伝えてあるけど、一応私からも報告しておいた方がいいだろう。

すぐに彼から【了解。飲みすぎないように】と返事が来た。

私が研究所を出る時も、蒼さんは幹部を集めてなにやら打ち合わせをしていた。中西さんにはいつまでかかるかわからないと聞いていたから、思っていたより早く終わったようで安心する。

蒼さんは働きすぎだ。私は彼を支えられるように変わらなきゃ。

左手の指輪にしていた包帯を外す。

彼とずっと一緒にいたいから……、彼の妻でいたいから……もう二度と隠さない。

私は有栖川美雪。有栖川蒼の妻――。

しっかりと胸に刻むように言い聞かせ、覚悟を決める。

この二十年、彼のお嫁さんになろうと頑張ってきたじゃない。もっと自信を持って！

左手の薬指の指輪がキラリと光る。

まるで蒼さんが応援してくれているみたいだ。

私に勇気をください――。

左手を胸に当てて心の中で祈ると、トイレを出た。

すると、お座敷に向かう途中の通路で蒼さんにばったり会い、面食らう。

「え？　どうしてここに？」

「所長がせっかくだから一緒に夕食をって言い出してね。中西が気を利かせてこの店にしたんだよ」

「そうなんですね」

道理で中西さん、店の詳細を聞いてくるわけだ。

「まあ、こっちは気にせず楽しんでくるといい」

蒼さんが私の左手を掴み、結婚指輪に色気ダダ漏れの目でゆっくりと口づける。

彼の予想外の行動に、ハッと思わず息をのむ私。

狭い通路にふたりだけ。しかも、いつ誰が現れてもおかしくない状況で、心臓の鼓動が激しくなる。

夫婦なんだけど、なにか悪いことをしているようなこの背徳感――。

「そ、蒼さん」

激しく動揺つつも名前を呼んで注意する私を見て、彼が自嘲するように笑う。

「悪い。包帯をしてないのが嬉しくて、つい。忘れるなよ。俺の奥さんは美雪しかいない」

真剣なその眼差し。心に直接響く低く甘い声。

彼の言葉で、ぱあっと心が明るくなるのが自分でもわかった。

「……蒼さん、ありがとう」

元気を百倍もらった気分だ。

蒼さんの目を見つめて微笑むと、彼から離れ、お座敷に行く。

自分の席に座ったら、右横にいた高野部長がにこやかに話しかけてきた。

「隣の座敷に副社長と所長たちもいるようだ。後でちょっと顔を出してくるよ」

「……部長も大変ですね」

ハハッと笑うと、目の前に置かれた烏龍茶を一口飲んだ。

まだ乾杯していないけど仕方がない。

だって、襖《ふすま》を隔てているとはいえ、すぐ隣に蒼さんがいると思うと気になって喉が渇くのだ。

きっと望月さんも一緒なんだろうな。

そんなことを考えていたら、部長の乾杯の音頭が始まった。

「今日は日頃の仕事の疲れを癒《い》やすべく、大いに食べて、大いに飲んで、楽しい時間を過ごしましょう。乾杯！」

部長がビールの入ったグラスを掲げると、みんなで元気よく乾杯する。

「さあ、肉たくさん食いますよ」

私の横は井村くんで、素早くお肉をトングで焼きだした。

「神崎さんはなにもしなくていいですよ。俺、今日は神崎さんのお世話係なんで」

「お肉くらい自分で焼けるよ」

フフッと笑って返したら、田辺くんがやってきて井村くんの頭を叩いた。

「お前も幹事なんだから、そこに落ち着くな」

「あっ、もうバレたか」

舌を出して苦笑いする井村くんを、田辺くんが引きずっていく。

就職した時は、男ばかりの職場で不安だったけれど、みんな優しくて居心地がいい。

こんな素敵な職場で働けて私は幸せだ。

だから、みんなに私が結婚していることをちゃんと報告したい。

研究員さんたちと歓談しながら、いつ言おうかと様子を見ているが、なかなかここだというタイミングが見つけられない。

その間も隣のお座敷の話し声が気になって、耳をすます。

一体どんな話をしているのだろう。

所長と望月さんの笑い声がするけど、仕事の話題のようだ。

隣にいた部長も蒼さんたちが気になるのか、「ちょっと抜けるね」と私に告げて、隣のお座敷に行く。

部長と入れ替わりに田辺くんがやってきて、私の横に座った。

「神崎さん、ちゃんと食べてます？」

気遣うように言われて、とっさに笑顔を作って答える。

「う、うん。食べてるよ」

私より年下なのに、お兄さんみたいだ。

「なんか妙にそわそわしてません？」

「そんなことないよ」

ハハッと笑って否定して、手元にあったグラスを手に取ってゴクゴクと一気飲みすると、田辺くんが驚いた顔をする。

「ちょっ……それ、ビールですけど、いいんですか？」

「あっ、ビール？　平気、平気」

道理でなんか苦いなと思った。蒼さんにあまり飲まないよう言われてるから気をつけないと。

グラスを見て苦笑いしたら、隣のお座敷から望月さんの声がする。

「蒼って相手が誰であろうと強気で弱みを見せないの。ホント、あなたの弱点ってなんなのかしらね」

彼女の楽しげな笑い声まで聞こえてきて、なんだか胸が苦しくなった。

「あの声、望月さんですよね？　美人で有能そうだけど、僕は苦手だな」

不意に田辺くんがそんな発言をするので、ビックリした。

「そうなんだ。田辺くんが苦手とか言うなんて意外」

彼は人当たりもよくて、コミュニケーション能力も高いから、誰とでもうまくやっていけるのかと思っていた。

「副社長に必死に取り入ろうとしているのが見え見えというか。ボディタッチの多い女は要注意ですよ」

普段温厚な田辺くんにしてはかなり辛辣《しんらつ》だ。

「それ、自分の経験から言ってるでしょう？　田辺くん、モテるもんね」

「神崎さんは……やっぱり副社長となにかあるんですか？　だから、隣の座敷を気にしてるのでは？」

彼の鋭い指摘にギクッとする。

「それは……」

田辺くんの質問に答えようとしたら、また望月さんの話し声が聞こえた。

「新婚生活はどう？」

これは絶対蒼さんに聞いてる。彼はなんと答えるのだろう。

クールにうまくいってるよとか返すのかな？

「毎日が新鮮で楽しいよ。もう一度生まれ変わっても、妻と結婚する」

その言葉を聞いて、目頭が熱くなった。

こんな最高な言葉はない。私も何度生まれ変わっても、彼を見つけて結婚したい。

「神崎さーん、乾杯の音頭は僕だったから、最後、神崎さんに締めてもらっていい？いつも神崎さんにはお世話になってるしね」

部長が戻ってきて私にそう声をかけるので、田辺くんがなにか言いたげな顔をしていたけれど、上を向いて涙をこらえながら「……はい」と返事をして立ち上がった。

今なら胸を張って言える。それに、部のみんなに伝えたい。

有栖川蒼が旦那さまだって――。

「まだ仕事納めではありませんが、この一年お疲れさまでした。あの……この場を借りて皆さんに報告させていただきます」

私がそう前置きすると、それまで雑談していたみんなが静かになった。

スーッと深呼吸して口を開く。

「私事ですが、今月結婚しました」

「ええ～！」と、どよめきが起こる。

「神崎さーん、お相手は？　うちの会社の人ですか？」

井村くんが手を挙げて聞いてきて、コクッと頷いた。

「はい、そうです」

「え？　そうなの？　うちの会社の誰？」

部長が興味津々といった顔で聞いてきて、左手で胸を押さえながら答える。

「副社長です」

私の返答が予想外だったのか、一瞬この場が静まり返った。

しかし、数秒後にみんなケラケラ笑いだすのを見て、少し落胆する。

信じられるわけない……か。

「神崎さーん、普段冗談言わないから信じそうになっちゃったよ。もうエープリルフール終わったよ」

井村くんがそんなつっこみをしてきて、「本当なの」と真面目に返したが、やはり信じてくれない。

「わかった、わかった。神崎さんの願望ね」

私が相手じゃ意外すぎるというのは、わかっていたこと。

でも、とりあえず、言えた。これは大きな一歩だ。頑張った自分を褒めてあげよう。すごくエネルギーを使ったし、ずっと緊張していたせいか、喉、カラカラ。なんでもいいから飲みたい。

気が抜けて座り込むと、とりあえず喉の渇きを癒やしたくて、目の前にあった誰も手をつけていないビールジョッキをゴクッと口にした。

美味しい。この爽快感がたまらない。

田辺くんがじっと私を見ていたけれど、構わず飲んだ。

今日くらいはいいだろう。これは私にとっては祝杯。家に帰ったら、蒼さんに報告しよう。私にしてはすごく頑張った。

「……で、神崎さん、本当は誰と結婚したんですか？」

井村くんがまた聞いてきて、少しボーッとした頭で答える。

「……ん？　だから、有栖川さんと結婚したよ」

「いやいや、副社長じゃなくて……」

まだ冗談だと思っているようだが、今は人がどう思おうが構わない。

大事なのは蒼さんが私を奥さんだと認めてくれていること。

「ちょっと……神崎さん、ここで寝ないでくださいよ」

今度は田辺くんの声がして、なんだか知らないけどおかしくなってクスクス笑った。

「……寝てないよ。田辺くんの声聞こえるし、なんだか田辺くんが三人いる。分身の術使ったでしょう？」

「使ってません。もうお開きなんで帰りましょう。井村、お会計してきて」

田辺くんが真面目な顔で言うと、井村くんが「了解」と返事をする。

「ほら、神崎さん、立ちましょう」

トントンと田辺くんに肩を叩かれたけど、すぐには動けない。

「うーん、ちょっと待って。今立つエネルギー溜めてる」

「このままだと寝ますよ」

田辺くんに注意されたが、上機嫌で返す。

「うん、うん。わかってる。もうちょっとビール飲んだら立つよ」

ビールジョッキを手にしたら、彼に取り上げられた。

「もう酔ってるんですからダメです」

「でも、私頑張ったの。もう命懸けで頑張ったの」

田辺くんの腕を掴んで訴えたら、軽く流された。

「はいはい。わかりましたから帰りましょう」

「仕方ない……なあ」

何度も言われてようやく重い腰を上げようとするも、身体がもう動かない。

「ちょっとだけ休ませて」

座布団を枕にして寝ようとしたら、田辺くんに怒られた。

「ここで寝ないでください」

「……田辺くんの意地悪」

ボソッと文句を言う私の手を彼が掴む。

「なんでもいいから帰りますよ。はい、立ってください」

立つというか、彼の力で強引に立たされた。

「……ん」

「次、コート着てください」

田辺くんに言われるままコートに袖を通していると、井村くんがおもしろそうに笑った。

「田辺、お前、神崎さんのお母さんみてえ」

「笑ってないで、お前は神崎さんのバッグ持てよ」

田辺くんがギロッと睨みつけると、井村くんは「へいへい」ともう余計なことは言わずに返事をする。

　ふたりの軽妙なやり取りをぼんやりした頭で聞いていたら、田辺くんに手を引かれ、お座敷の出入り口まで連れていかれた。

「神崎さん、ほら靴履いてくださいよ。段差気をつけて」

「うん。頑張る」

　なんとか田辺くんに手伝ってもらうが、ビールを飲みすぎたのか睡魔が襲ってくる。

「ここで寝ちゃ……ダメ？」

　田辺くんにお願いしたら、別の人の声がした。

「ダメだよ、美雪。田辺くん、うちのが迷惑をかけてすまない」

　……この声、蒼さん？

　どこか遠くでどよめきが起こっている。

　これは夢だろうか？　いきなり田辺くんから蒼さんに選手交代した。

　なんで？と思うが、酔っているせいか頭が働かない。

「さあ帰るよ、美雪」

　しばらくしてまた蒼さんの声がして、「はい」と頷いた。

　しかし、足がふらついて倒れそうになり、床が迫ってくる。

なにもできずにいたら、急に身体が宙に浮いた。

「こんな歩けなくなるまで飲むなんて……」

やれやれと呆れた声がすぐ耳元で聞こえたので、彼にギュッと抱きついた。

「ちゃんと……言えましたよ」

フフッと笑う私に、蒼さんが極上に甘い声で返す。

「ああ。聞こえてた。頑張ったな」

よかった。蒼さんも聞いてた。

彼の優しい温もりに安心して、そのまま意識を手放した。

彼女は誰にも譲れない ― 蒼side

「新婚生活はどう?」

所長たちとの飲み会の席で、望月が俺の結婚について聞いてきた。

隣の座敷に美雪がいることを知ってて質問してくるのだから、質が悪い。

俺に結婚生活は最悪だと言わせたいのだろう。

アメリカにいた時はそんな嫌な面を見せてこなかったが、今は悠馬が言ったように俺を狙っているのがよくわかる。

今日実験室でデモを見た時も、俺に馴れ馴れしく触れてきて気分が悪かった。

妻帯者とわかっていてやっている彼女に対する信頼はもうないに等しい。

やはり美雪は特別なのだと思う。

「毎日が新鮮で楽しいよ。もう一度生まれ変わっても、妻と結婚する」

望月にというよりは、隣の座敷にいる美雪に聞こえるようはっきりした声で伝える。

食事前にこの店の通路で美雪とすれ違った時、彼女は左手の薬指に巻いていた包帯を取っていた。それは、彼女に俺の妻になる覚悟ができたからだろう。

普通のサラリーマンの妻ならそんな覚悟はいらないが、有栖川家の嫁となると状況が異なる。行動にも気をつけなければならないし、ひっそり静かに生活するのは難しい。美雪のような性格だと、簡単ではなかったと思う。

「『羨ましいですな』」

所長や、こちらに顔を出しに来た高野部長がにこやかに相槌を打てば、望月は引きつった笑みを浮かべた。

「惚気を聞かされるとは思わなかったわ」

惚気と言われようが構わない。

横にいる悠馬は俺を見て、フッと微笑している。

こいつはまた後でからかってくるだろうが、それを今は笑顔で返せる心境だ。

それだけ美雪が一歩踏み出してくれたことが嬉しかった。

高野部長が隣の座敷に戻ると、「最後、神崎さんに締めてもらっていい？」という声がした。

美雪が締めるのか。

所長の話に頷きつつ、彼女のことが気になって隣の座敷の声に耳をそばだてる。

「まだ仕事納めではありませんが、この一年お疲れさまでした。あの……この場を借りて皆さんに報告させていただきます」

緊張したその声。

報告というワードを聞いて、彼女がこれからなにを言おうとしているのか予想できた。

頑張れ、美雪。

心の中でそっと彼女にエールを送ると、数秒間を置いて、再び彼女が話しだす。

「私事ですが、今月結婚しました」

「ええ〜！」と周りの同僚たちが声をあげたかと思ったら、美雪に質問が飛ぶ。

「神崎さーん、お相手は？　うちの会社の人ですか？」

「はい、そうです」

美雪が真剣な声で答えると、俺たちの結婚を知らない高野部長もその流れで彼女に尋ねる。

「え？　そうなの？　うちの会社の誰？」

美雪の緊張が手に取るようにわかる。俺まで心臓がドキドキしてきた。

「副社長です」

強い思いを感じさせる凛とした声で美雪が返答すると、一瞬隣の座敷が静かになったが、すぐに賑やかになって「もうエープリルフール終わったよ」「わかった。わかった。神崎さんの願望ね」なんて男性社員の発言が聞こえてきた。

本社の副社長と研究所の秘書が結婚。まあ、周りはすんなり信じないだろう。

それでも、美雪は結婚相手が俺だと同僚に伝えた。そんな彼女が誇らしく思える。

自然と笑みがこぼれた俺を見て、悠馬が少し呆れ顔で指摘してきた。

「副社長、顔がニヤけてる」

「失礼」

口元を隠しながら謝る俺を、望月がじっと見てコメントする。

「まだ笑ってるわよ。酔いが回ったんじゃないの？」

酒には酔っていないが、美雪の発言に酔いしれているのかもしれない。

「そうかもしれないいな」

笑って返す俺の言葉を聞いて、俺たちの結婚を知っている所長が気を利かせた。

「では、今日はこのへんで終わりにしましょうか？」

「ええ。そうですね」

美雪の方も締めの挨拶をしたからそろそろお開きのはず。彼女をつかまえて一緒に帰ろう。

時計を見ると、午後九時過ぎ。

立ち上がってコートを羽織ったら、望月が俺の背中に触れてきた。

「ねえ、送ってくれないかしら？」

思わず溜め息をつきたくなるのをこらえ、ニコッと笑って断る。

「悪いけど、妻を連れて帰らないといけないんだ。悠馬、彼女、タクシーで送ってくれるか？」

望月のプライドを傷つけたかもしれないけれど、妻を放置して他の女を送るのはナンセンスだ。ここは悠馬に任せておけば問題ないだろう。

「了解」

悠馬は楽しげに返事をするが、望月は微かに目を細め不快感を示す。

「それでは、僕はこれで」

顔をしかめている望月には構わず、所長に声をかけて座敷を出ると、美雪が隣の座敷の出入り口にいた。

「神崎さん、ほら靴履いてくださいよ。段差気をつけて」

今日実験室にいた研究員が美雪に靴を履かせようとしている。

彼は確か……田辺くんといったっけ。俺が帰国した日、彼女と話していた研究員だ。

実験室でも俺と美雪のやり取りを見ていた。

「うん。頑張る」

美雪がトロンとした目で返事をして、靴に足を入れる。

……これは相当飲んだな。外ではあまり飲まないようもっと強く言わないと。

「ここで寝ちゃ……ダメ？」

もう目が閉じかけている美雪を見て、やれやれと思いながら彼女に声をかけた。

「ダメだよ、美雪。田辺くん、うちのが迷惑をかけてすまない」

田辺くんに目を向けると、彼は少し呆然とした表情をしていて、すぐに返事をしなかった。

「田辺くん？」

もう一度声をかけたら彼はハッとした表情になり、恐縮した様子で返した。

「あっ、すみません。大丈夫です」

俺の登場で美雪の同僚たちが驚いていたが、気にせず美雪の腕を掴む。

もう彼女も結婚報告をしたことだし、これで人前でも堂々と夫として振る舞える。

「さあ帰るよ、美雪」

「はい」と今にも寝そうな声で返事をする彼女の足元が覚束ない。

案の定転びそうになっている美雪を、さっと抱き上げた。

「こんな歩けなくなるまで飲むなんて……」

俺の声が美雪に届いているかは怪しかったけれど、彼女は俺に抱きついてきてすごく幸せそうな顔でポツリと呟いた。

「ちゃんと……言えましたよ」

どこか誇らしげにも見えるその顔。

「ああ。聞こえてた。頑張ったな」

俺も嬉しくて笑顔で褒めると、彼女の身体からスッと力が抜けた。

……寝たな。同じ店にいてよかった。

こんな状態だと歩かせるより、俺が運んだ方が早い。

「悠馬、車は？」

そばにいた彼に確認すると、「表で待機中」という答えが返ってきた。

「田辺くん、悪いんだけど、彼女の荷物持ってきてくれないか？」

あえて悠馬に言わず、田辺くんにお願いしたのはちょっと話してみたかったから。

美雪が好きだからこそわかる。彼が彼女に向ける優しい視線。きっと、美雪に気がある。

寮で蜘蛛を駆除した同僚というのは、ひょっとしたら彼ではないだろうか。

俺の言葉に「はい」と田辺くんが返事をすると、美雪を抱きかかえたまま店を出る。

「彼女、いつもこんな泥酔するまで飲むの？」

足を止めて、後からついてきた彼を振り返った。

「いえ、いつもは飲んでもビール一杯程度なんですが、今日は途中からグイグイ飲みだして……」

よく見てるな……と思う。

「そう。緊張していたのかもしれないな。結婚の報告をするって決めてたようだから」

「あの……」

言うのをためらう彼に、首を傾げて先を促した。

「なに？」

「神崎さん……彼女が好きで結婚したんですか？」

いきなり直球できたけれど、それだけ真剣に美雪のことを思っているのだろう。

「いや。最初は会長の命で仕方なく結婚したんだけど、今は誰よりも愛してるよ。結婚してから彼女に恋をしたんだ」

ひとりの男として田辺くんと向き合うと、彼もストレートに気持ちを伝えてきた。

「僕も……彼女が好きです」

「ああ。見ててなんとなくわかった。でも、はい、そうですかって譲る気はない」

田辺くんを見据えてはっきり告げたら、彼も怯まず俺をまっすぐに見つめてきた。

「隙があれば、副社長だろうが奪います」

周囲の空気が張り詰める。

若いってすごいな。グイグイくる。

まだ俺が彼女に本気ではないと思っているのかもしれない。

だが、たとえ世界中の女を自由にできると言われたとしても、俺は美雪さえいればいい。

「んん……有栖川……さ」

腕の中の美雪が寝言を言ったので、フッと微笑した。

「肝に銘じておく。彼女の荷物、車の中に入れてくれるかな？」

絶対に隙なんて与えない。

俺の言葉に田辺くんが無言で頷き、社用車の後部座席に美雪のバッグを置く。

「ありがとう。お疲れ」

礼を言うと、彼は一礼してまた店に戻っていく。

その姿を見送りながら、ポツリと呟いた。

「ホント、一瞬たりとも美雪から目が離せないな」

美雪を車に乗せ、静かな声で運転手に告げる。

「自宅まで頼むよ」

美雪の頭を俺の膝にのせると、不意に彼女の指輪がキラリと光った。

考えてみたら、彼女に婚約指輪を渡してない。しかも、この結婚指輪は祖父が手配させたものなのだ。やはり自分から指輪を贈りたい。

結婚してから渡すのもありだろうか？　女性としてはアクセサリーってもらって嬉しいものだよな？

しかし、美雪の性格だと普通に宝石店に連れていっても、いらないと遠慮するだろう。

ふとあることを思いつき、スマホを出して親友の保科にメッセージを送る。

彼から返事が来ると、小さく微笑した。

「これならきっと美雪も喜ぶ」

車が自宅マンションに着くと、美雪が目をうっすら開けた。

「……うち？」

「そう。着いたよ。歩けるか？」

「ん……歩けます。運転手さん、うちの有栖川さんがいつもお世話になっています」

美雪が前に乗り出し、運転手にペコッとする。

そこは『うちの主人が』だよ。でも、酔っていても俺と結婚してる認識はあるんだな。

心の中でつっこんでいたら、運転手が俺たちに微笑んだ。

「いえいえ、私の方がお世話になっています。かわいい奥さまですね。お気をつけて」

「ありがとう」

運転手ににこやかに礼を言い、美雪に手を貸しながら車から降りる。

自宅に戻ると、玄関の廊下に美雪が座り込んだ。

「……もう動けない。しばらく休む」

「こら、ここで休んだらそのまま寝るよ」

保護者のように注意すると、美雪が俺に抱きつきながら条件を出してきた。

「……キスしてくれたら動きます」

天使のようにクスクス笑う彼女が俺を誘惑してくる。

酔っ払いってある意味最強だな。普段なら絶対に口にしない。どうせ夢だと思っているのだろう。

だが、その誘惑を拒むほど、俺は紳士ではない。

「明日起きてから後悔しても知らないよ」

フッと笑みを浮かべると、美雪の頬に両手を添え、情を込めてゆっくりと口づけた。

誰にも渡さない。彼女は俺もの――。

「愛してる」

心から告げるが、彼女は電池が切れたかのように目を閉じて俺に寄りかかる。

「……寝落ちした」

呆気に取られながら、苦笑いする。

安心しきったその寝顔。

この寝顔を見られるのは俺だけ。彼女の頭の重みが愛おしく思える。

この俺を翻弄させられるのは、世界中探しても彼女くらいだろう。

美雪の靴を脱がし、彼女を抱き上げて寝室に運ぶ。

ベッドに寝かせると、悠馬にＬＩＮＥを送った。

【どんな手段を使ってもいい。ある場所を手配してくれ】

すぐに彼から了解と返事が来ると、スマホをしまう。

美雪が頑張ったのだから、俺も彼女に最高のものをあげたい。

時を戻すことはできないが、やり直すことはできる。

眠っている美雪を見つめ、静かにキスを落とした。

「おやすみ、奥さん」

旦那さまを信じます

「……ん」

パチッと目を開けると、蒼さんと目が合った。

あれ？　いつの間にベッドで寝たんだろう。焼き肉屋から出た記憶がまったくないんですけど。そういえば、ビールをがぶ飲みしたよう……な。

「おはよう。よく眠れたか？」

蒼さんがとびきりの笑顔で微笑むけれど、なんだかダークなオーラが出ていて怖い。

「……おはようございます。あの……私、ひとりでここに帰ってきました？」

蒼さんのご機嫌をうかがいながら尋ねると、彼はおもしろそうに目を光らせる。

「いや、俺と一緒に帰ってきたよ。どこから記憶がない？」

「あの……その……焼き肉屋で締めの挨拶をした後くらい……から……ですかね？」

どうか彼の地雷を踏みませんように。

恐る恐る答える私を見据え、彼が不気味に微笑む。

「俺に確認するなんて相当マズいな。泥酔した妻を家に連れて帰るのは大変だったよ」

言い方はマイルドだけど、これはやっぱり怒っている。

「ごめんなさい。なんかもう、みんなへの結婚報告で緊張しちゃって、釘を刺されていたのに、ついビールをたくさん飲んでしまいました。本当にごめんなさい」

平謝りする私に、彼は少し厳しい口調で説教をする。

「昨日は俺がいたからよかったけど、いつも一緒にいるわけじゃない。今後はちゃんと自制するように。他の男にお持ち帰りされてもおかしくなかった」

「はい、深く反省しております」

まさか寝ちゃうなんて思わなかった。次からは外では一滴も飲まないようにしよう。

俯いて落ち込む私の様子がおかしかったのか、彼がクスッと笑う。

「なんだか上司に謝ってるみたいだな。でも、ちゃんと結婚報告できたのは偉かった。俺にも美雪の声聞こえてたよ」

「本当ですか？」

パッと顔を上げると、彼が極上の笑みを浮かべていた。

「ああ。すごく嬉しかった」

「私……清水《きよみず》の舞台から飛び降りる……いえ、スカイツリーのてっぺんから飛び降りるくらい頑張りました」

拳を握って力説すると、蒼さんが引き気味に相槌を打つ。

「……それはすごい覚悟だったな」

「でしょう？」

「頑張った子にはご褒美をあげないと」

キラリと妖しく彼の目が光るのを見て、背筋がゾクッとした。

「ご褒美？　……んんっ！」

彼が突然私に覆い被さって、キスをする。

だが、それで終わらず、彼は着ていたパジャマを脱ぎ捨てると、私の首筋に唇を這わせながらブラウスのボタンを外し、ブラも取り去った。

「蒼さん？　か、会社……あん！」

彼が私の胸を舌で舐《な》め回してきて、思わず声をあげる。

「まだ六時だし、大丈夫だ」

「でも……朝ご飯作らないと」

蒼さんの胸に手を当てて止めようとしたけれど、色気ダダ漏れの顔で押し切られる。

「俺は朝食よりも美雪が食べたい」

そう言われてしまっては、もう反論はできなかった。

こんな超絶美形に求められて拒める女性なんていないだろう。しかも、それは六歳からずっと好きだった相手だ。

この日は中西さんが蒼さんを迎えに来る時間ギリギリまで愛し合った。

「朝からげっそりしてますね」と玄関に現れた中西さんに楽しげに声をかけられ、いたたまれなかったのは言うまでもない。

それ以後、朝晩たっぷり抱かれ、毎日ヘトヘト。

抱いた本人は疲れもなく、やたら元気なのが怖かった。


そんな状態のまま二十三日の朝を迎えた。

「今日は赤坂のホテルで社内表彰のパーティーがあるので絶対にダメです」

朝目覚めるなり、キスしてきた蒼さんに待ったをかける。

「大丈夫。遅刻しないようにする」

クールに言って、彼は私の首筋に口づけていく。

「いつもそう言ってたっぷりするじゃ……あん！」

文句を言うが、蒼さんが私の胸を愛撫してきて、快楽に溺れる。

そして、玄関のインターホンが鳴るのだ。

「悠馬か。今日は早くないか？」

少し不満そうな顔をする彼に、慌てて言った。

「早くないです。遅刻します」

「一日四十八時間あったらいいのにな」

仕方なく私から離れてベッドを出る蒼さんに、声を大にして言った。

「私の身が持ちません！」

「そうかな？　まだまだいけると思うけど」

疲れ知らずの彼とは違うのだ。

「干からびて死にます」

必死に訴えたら、彼がフッと微笑した。

「それは困るな。ほら、美雪も起きないと」

「蒼さんが寝室を出たら、起きます」

何度も身体を重ねていて言うのもなんだけれど、彼に裸を見られるのは恥ずかしい。

「もう美雪の身体は全部知ってるのに、なにを今さら」

「だって明るい場所で裸を見られるのは嫌ですよ」

「何事も慣れだよ」

蒼さんが布団をガバッと剥《は》がしたので、思わず悲鳴をあげた。

「ギャー！」

「大袈裟《おおげさ》だな」

ククッと笑って彼は素早く服を身につけていく。

私も観念して床に落ちているパジャマを拾い上げ、胸元を隠しながらクローゼットに移動し、下着をつけた。

もう私の服は全部この寝室に移した。彼と一緒に寝るようになったからだ。

蒼さんが先に寝室を出て、私もマッハで紺のスーツに着替えてバスルームへ。

身支度を整えて寝室からバッグを取ってくると、玄関で中西さんと話をしていた蒼さんが、私と入れ替わるように「俺も鞄《かばん》取ってくる」と言って書斎へ行く。

「おはようございます。いつもお待たせしてしまってすみません。妻としての務めを果たせていなくて恥ずかしいです」

玄関で立って待っている中西さんに挨拶すると、ニヤニヤ顔で返された。

「充分果たしてますよ。お陰で副社長も毎日精力的に働いているし、会長も喜んでます。来年はひ孫の顔を見られるんじゃないかってね」

なにか嫌な予感がして、彼をじっと見据えて確認する。

「会長に変なこと言ってないですよね？」

「夫婦生活がとてもうまくいってると報告を」

中西さんの言葉を聞いて顔がカーッと熱くなり、つい彼の腕をバシバシ叩く。

「あ～、そんな恥ずかしい報告しないでください」

「これでもオブラートに包んでますが」

笑いをこらえながら弄ってくる彼を、キッと睨みつけた。

「全然包んでません！」

「まあまあ落ち着いて。夫婦円満でいいじゃないですか」

「……それはそうですけど、もうちょっと加減してほしいです。中西さんも彼にそれとなく言ってくれませんか？」

朝の毎度のやり取りもあってよく話すようになった中西さんに、他の人には絶対に言えないお願いをする。

「まあ、あいつがこんなに女に夢中になるのは初めてなんで、頑張って耐えてください」

至極楽しそうな中西さんの言葉を聞いて、身体の力が抜けた。

「……そんなあ」

「愛されてる証拠ですよ」

ハハッと笑いながら突き放されたけど、その目はとても温かい。

「なにをそんなに楽しそうに話しているのかな？」

蒼さんがやってきて、私と中西さんにニコニコ顔で尋ねるが、なんだか尋問モード。

「本人に直接言ったらどうですか？」

中西さんがニヤリとしながら私に目を向けるけど、言えるわけがなく、小声でボソッと返した。

「もう、いいです」

「なんの話か気になるな。言うまで今夜は寝かせないかも」

蒼さんのその不穏な発言を聞き、ギョッとしながら彼のスーツのジャケットを掴んだ。

「だ、だから、それですよ！ 休養日が欲しいです」

観念して蒼さんにお願いしたら、笑顔で返された。

「検討はするよ」

やる気のない返事だったので、もう一度確認する。

「本当に？」

「ああ。だけど美雪の誘惑に勝てる気がしない」

とびきりセクシーな目で返されて、もう無理だと思った。

私は決して誘惑していないけれど、彼は抱く気満々。この目に抗えない。

でも、見向きもされないよりいいのかも――と自分を納得させた。


三人でマンションを出ると、蒼さんが社用車に乗り込みながら私に告げる。

「今日は午後そっちに顔出すから、夜のパーティーには俺と一緒に行こう」

「はい」と返事をして、マンション前で蒼さんを見送ると、私は中西さんが手配してくれたタクシーに乗って研究所へ向かう。

なんとか始業時間に間に合い、席に着いてパソコンを立ち上げながら中西さんが買ってきてくれたサンドイッチを食べる。

助かるけど、彼のこの気遣いに顔が火照《ほて》りそうだ。

メールを処理していたら、田辺くんと井村くんがやってきた。普段はラフな格好だが、今日はふたりともスーツを着ている。

「神崎さーん……あっ、有栖川さん、おはようございます」

井村くんが明るく挨拶すると、横にいる田辺くんは「おはようございます」とクールに軽く会釈してきた。

焼き肉屋での結婚報告以来、同僚たちは私をどう呼ぶか戸惑っているようで、好きに呼んでいいよと伝えている。社内ではキリがいいので来年から有栖川と名乗るつもりだ。

副社長の奥さんということでもっと騒がれるかと思ったけれど、男性の多い職場だからか落ち着いている。

秘書室では『出会いは？』とか『家での副社長ってどんな風？』とか質問攻めにあったが、心配していた嫌がらせはなかった。

「おはよう。スーツ、似合ってるね。今日、社内表彰のパーティーに行くんでしょう？」

笑顔で挨拶を返して、スーツ姿のふたりを褒める。

ふたりは今年出した論文が海外で評価され、表彰されるのだ。

ちなみにうちの部での表彰者はこのふたりだけ。

賞にもランクがあって、一番上の賞が百万円、一番下の新人賞は五万円の賞金がもらえる。毎年社内で五十名ほど選ばれて、年末に都内のホテルで表彰される大きなイベントだ。

「ええ。これから打ち合わせがあるので、また」

田辺くんが小さく笑って答えて、井村くんと共にスタスタと去っていく。

結婚報告から彼はちょっとよそよそしい感じがする。焼き肉屋で醜態を晒してしまった私に呆れているのかも。副社長の妻として見せちゃいけない姿だったよね。

一応『ごめんね』と謝って、彼にも『気にしないでください』と言われたけれど、以前のように雑談をすることがなくなった。

ハーッと溜め息をつきながらメールを処理すると、会議の準備や部長のスケジュール調整に追われた。

午後は蒼さんの来客対応をしてから、秘書室で納会の料理の手配、年賀状や上司の挨拶回り用のカレンダーの準備などをする。

ちなみに秘書室には四名の秘書がいる。中西さんの席もあるけれど、彼は蒼さんの執務室の隣にある役員専用のリラックスルームでいつも仕事をしている。女ばかりの秘書室は居心地が悪いらしい。

カレンダーを会社の紙袋に入れていると、明日のクリスマスイブの話題になった。ある秘書の女の子が、「明日は女友達とシングルパーティー」と言えば、別の秘書の子が「私は彼氏と食事に」と予定を口にする。

私はというと……今年は特に予定はない。

結婚してから忙しくて、クリスマスのことなんてすっかり忘れてたな。

去年のクリスマスイブはなにしてたっけ？　あっ……平日だったし、部の研究員さんたちとしゃぶしゃぶを食べて帰ったんだった。

「ねえ、神崎さんは？」

不意に聞かれハッと我に返る。

秘書の子たちが期待の眼差しを向けてくるので、思わず引いた。

「うーん、お家でゴロゴロかな？」

嘘は言っていないのに、もっとセレブ感のある答えを期待したのか、私の二年先輩の所長秘書に即否定される。

「いやいや、あの副社長が旦那さまなんだもの。そんなわけないでしょ？　きっと豪華なディナーに連れていってくれるわよ」

みんなの想像と現実は違うんだけどな。

「どうだろうね。副社長も忙しいから」

曖昧に言ってごまかし、「ちょっと副社長の書類回収してくるね」と言って秘書室から逃げ出した。

ノックをして蒼さんの執務室に入ると、彼はいなかった。どこかの研究室を見に行っているのかもしれない。彼は勉強熱心だから。

デスクの上に置かれた決済済みの書類を回収するが、そのまま出ていかずに窓の外に目を向ける。

外は雪が降っていた。

蒼さんに再会した日も雪が降っていたっけ。まさか、再会した次の日に結婚するなんて思わなかった。

「クリスマスイブの明日も降るかな？」

大学生の頃は、蒼さんと過ごすクリスマスをひとり妄想したものだ。

「待ち合わせして、一緒に映画を観て、イタリアンを食べながら映画の感想を語り合って……。あっ、蒼さんとふたりで電車に乗って映画観に行くのもいい。そんなイブ、過ごしてみたかったな」

絶対に恥ずかしくて本人には言えないけど。

フフッと笑っていたら、不意に蒼さんの声がしてフリーズする。

「へえ、俺とそんな風にイブを過ごしたいんだ？」

嘘でしょう？　聞かれてた？

心臓がバクバクと爆音を立てていて、青ざめながらゆっくりと振り返った。

「……いつ戻って？」

「『待ち合わせして、一緒に映画を観て』あたりから。俺に気づかず笑ってるのがかわいくて、ずっと見てた」

ショックで身体の力が抜けそう。

「やだ。声をかけてくださいよ。もう今のは記憶から完全消去してください」

両手で顔を覆うが、彼が私の手を掴んで顔を近づけてくる。

「どうして？　奥さんの憧れなのに、無視はできないな」

私に問いかけるその目は、笑っている。これは絶対におもしろがってるよ。

「私のくだらない妄想なので、本当に忘れてください」

蒼さんから視線を逸らしてお願いするが、彼はまだ話を続ける。

「くだらなくないよ。考えてみたら、俺たちデートもしたことなかったな」

そりゃあ恋人ではなかったのだから当然だ。

蒼さんが私を抱き寄せて、落ち着けとばかりに背中を撫でてきたが、余計にパニックになる。

そ、蒼さん、ここ、会社ですよ。誰かに見られたらどうするんですか〜！

「……だから、もうこの話はお終いです！　応接室片付けてきます！」

蒼さんの胸に手を当てて、彼から離れた。

恥ずかしくて彼の顔を直視できない。

小さい頃からずっと彼のことで妄想していたから、癖になっているのだ。

蒼さんの執務室を飛び出すと、彼の声が聞こえた。

「美雪、慌てると転ぶから気をつけて」

……なんかもうすっかり私の性格を把握されている。


その後は、なるべく蒼さんのことを頭から追い出して業務に集中していると、あっという間に定時になった。

マズい。そろそろ準備しなきゃ。

デスク周りを片付けていたら、蒼さんから内線がかかってきた。

《美雪、もう出るから》

「はい、今行きます！」

手短に返事をして、高野部長に挨拶すると、バッグを持って正面玄関に向かう。

玄関前には社用車が停まっていて、もうすでに蒼さんと中西さんが乗っていた。

運転手さんが後部座席のドアを開けてくれて、軽く頭を下げながら乗り込む。

「待たせちゃってすみません」

蒼さんに謝ると、彼がクスッと笑って私の髪に触れた。

「走ってきたのか？　前髪がなくなってる」

もうバレバレ。

「あ……はい」

まっすぐに私を見つめてくる彼が眩しい。

「転んで怪我したら大変だから、無理しない。特にそのヒールの靴で走るのは危険だ」

蒼さんが私のパンプスに目を向ける。

「ごめんなさい」

ヒールの高い靴は背を高く見せるために履いているのだけど、男の人から見ると危なっかしく見えるのだろう。

実際、私はなにもないところでよくコケる。蒼さんの家族と外食した時も、階段を踏み外した私を彼がすかさず支えてくれたことが何度かあった。

赤坂のホテルに着くと、パーティー会場の大広間ではなく、なぜか高層階にあるスイートルームに連れていかれた。

「え？　会場に行かないんですか？」

「美雪はこの服に着替えて」

蒼さんがリビングにあるハンガーラックにかけられた真っ白なスーツを指差す。

すごく高そう。しかも白なんて着こなせるだろうか。

それになによりも目立つ。

私がパーティーに出席するのは、副社長夫人として本社の役員たちに認知してもらうためだ。

ただでさえ緊張しているのに、余計に動悸が激しくなってきた。

「奥の寝室で着替えるといい」

蒼さんがラックのスーツを手に取って私に手渡すと、近くにいた中西さんに目を向けた。

「悠馬は会場の様子を見てきて」

「ヘイヘイ」

中西さんは軽い感じで返事をしながら部屋を後にする。

私は寝室で、蒼さんが用意したスーツに着替えた。

ベロアのような素材で、ジャケットの中はワンピース。まずワンピースを着るけれど、タイトなデザインのため背中のファスナーに手が届かない。

「あれ？　んん？」

これ以上手を伸ばしたら破いてしまいそう。

もう一度トライするけれど、やはり手が届かない。

もたもたしている時間はない。

「そ、蒼さん！」

仕方がないので彼を呼ぶと、すぐに来てくれた。

「美雪？　どうかしたのか？」

「あの……背中のファスナーに手が届かなくて。閉めてもらってもいいですか？」

こんなお願いするのが恥ずかしくて顔の熱が上がる。そんな私とは対照的に、彼は平然としていた。

「もちろん」

「あっ、目、瞑っててください」

「目を瞑ってできるわけないだろ。ほら、後ろ向いて」

彼が小さく笑って私を回転させる。

「美雪って肌がキレイだな。雪みたいに白い」

背中の中心を彼がスーッと指でなぞってきて、思わず声をあげた。

「あっ……」

「しかも感じやすい」

ゾクッとするようなセクシーボイスで言われて慌てた。

このままでは抱かれてしまう。

「そ、蒼さん、早くファスナーを閉めてくれますか？　時間が……」

掛け時計をチラチラ見ながら急かすが、彼が身体を密着させてきて……。

「ホテルの部屋にふたりしかいなくてこの状況で手を出さないって、拷問だと思わないか？」

その低音の色気のある声を聞いて、ゴクッと唾をのみ込む。

「ひょ、表彰式があります」

なんとか蒼さんの誘惑に耐えていたら、彼が小さく笑った。

「美雪は真面目だな。ちょっとくらい楽しんでも……」

「ダメです。いつもちょっとじゃ終わらないじゃないですか」

パーティー会場に副社長とその妻がいないとなれば、変な噂が立つかもしれない。

そしたら、彼の有能な経営者としての評判に傷がつく。

蒼さんのペースに流されないよう気を強く持って反論する私に、彼がどこか満足そうな顔をする。

「俺のことわかってきたな。残念だ。ほら、ファスナー閉めたよ」

シャッという音がして、蒼さんが私の肩をポンと叩いたので、彼の方を振り返った。

「蒼さん、ありがとう」

「……美雪、顔が青い。大丈夫か？」

「ちょっと……緊張してて。痛た……」

胃のあたりが痛くて、思わずしゃがみ込んだ。

「ちょっ……美雪」

彼が身を屈めて私の顔を覗き込む。心配をかけないようハハッと笑ってみせようとするも、胃の痛みで顔が歪む。額に油汗も出てきた。

結婚式もすごく緊張したけど、今はもっとひどい。会社の人たちが集まっているからかな。

「とりあえず、ベッドで休もう」

蒼さんが手を貸してくれてベッドに横になったが、時間が気になってチラリと腕時計を見た。

午後六時四十六分。表彰式のパーティーは七時からだ。

「蒼さん、もう時間がないです。行かなきゃ」

起き上がろうとしたら、彼に止められた。

「こんな状態で出たら倒れる」

「じゃあ、蒼さんだけでも行ってください。すぐに治まると思うので、私も後で……！」

今月就任したばかりの副社長がパーティーにいないのはマズい。とりあえず彼を行かせないと。

「無理しなくていい。後で様子を見に来るよ。なにかあったら俺の携帯に連絡して」

「はい。……ごめんなさい。肝心な時に……」

自分が情けなくて、ギュッと唇を噛む。

「気にすることない。誰だって体調が悪くなる時はある。ゆっくり休んでいるといい」

蒼さんは私の手を優しく握ると、寝室を出ていく。

まだ胃がキリキリする。ああ、どうしてこんな時に痛くなるんだろう。

思うようにいかない自分の身体に腹が立つ。胃の痛みと悔しさで涙が出てきた。

早く治まれ。早く……。

胃のあたりに手を当てて痛みを我慢する。

二十分くらい経つと、痛みがなくなってきた。

「これなら出られるかも」

ゆっくりベッドから起き上がってみる。動いても痛くないし、大丈夫そうだ。

バスルームで化粧と髪を直すと、寝室に戻ってジャケットを羽織り、姿見で全身をチェックした。

「大丈夫。なにかスピーチをするわけでもない。蒼さんの隣で挨拶するだけ」

きっとあっという間に終わる。それに蒼さんがいる。

自分に言い聞かせて部屋を出ると、エレベーターに乗って二階にある大広間に向かった。

今日の社内表彰のパーティーには、ＡＲＳグループ全体の役員や表彰者が八百人近く集まっているらしい。

大広間の前の受付に行ったら、本社役員室の秘書が二名いた。展示会で受付を一緒にしたことがあるので、面識はある。

「こんにちは。遅れてすみません。神崎……いえ、有栖川です」

少し緊張しつつもニコッと笑顔を作ると、本社の秘書たちもにこやかに返した。

「このたびはご結婚おめでとうございます」

名札と今日のスケジュールが書かれているパンフレットを渡され、「ありがとうございます」と礼を言う。

中の音が漏れてくるけれど、もう表彰式は終わっているようだ。

ホテルのスタッフが扉を開けてくれて、中に入ろうとしたら中西さんがいた。

「体調は大丈夫ですか？　ちょうど様子を見に行こうかと」

「はい。ご心配おかけしてすみません。もうよくなりました。あの、彼は？」

蒼さんがどこにいるのか尋ねると、彼は顎で広間の奥の方を示した。

「役員たちと話してます。普通に声かけていいですよ。なんなら俺もお供しましょうか？」

私ひとりじゃ心もとなく見えるんだろうな。

「いいえ、ひとりで大丈夫です。ただ歩いて、彼に声をかけるだけですから」

自分に言い聞かせるように答えると、彼がつっこんできた。

「顔が引きつってますが」

「こ、これは生まれつきです」

つっかえながらも言い返すと、中西さんがニヤリと笑った。

「その強さ、大事ですよ。頑張ってください」

ポンと私の肩を叩いて、彼は会場を出ると、受付の秘書たちと話しだした。

一応、エールを送られたのかな？

ハーッと深呼吸をすると、一歩一歩ゆっくり歩いて蒼さんを捜す。

パーティーは立食形式でみんなドリンク片手に談笑している。

白いスーツが目立つのか、私を見て振り返る人がいたけれど、気にしないようにしてまっすぐ前を向いて歩いていたら、専務をしている父に声をかけられた。

「美雪じゃないか。もう具合はいいのか？」

父は私が結婚してから何度か『なにか困ったことはないか？』と、連絡をくれた。うちと有栖川家とは格が違うから心配だったのだろう。

「うん。大丈夫」

笑顔でそう答えたら、父はホッとした顔をした。

「副社長は向こうだよ」

父が蒼さんがいる方向を指差すけれど、人だかりでよく見えない。

「ありがとう。また後で」

父にそう声をかけてそのまま進んでいくと、社長の姿が見えて、ようやく蒼さんを見つけた。

彼の名前を呼ぼうとしたら、望月さんの姿が目に入って思わずその場に立ちすくむ。

蒼さんの隣にいる彼女は、ワインレッドのスーツを着て大輪の薔薇《ばら》のように艶《あで》やかだ。外国人役員とにこやかに英語で話をしていた。

蒼さんとお似合いのカップルのように見える。周りでも「あのワインレッドの服の女性が副社長の奥さんか？」などと話しているのが聞こえた。

ハハッ……、美男美女だし、本当にお似合い。

なぜ私が蒼さんの奥さんなんだろう。あそこに行っても、私が奥さんだなんて誰も信じないかもしれない。

私に気づいた望月さんが彼の腕にゆっくりと触れて、ニヤリとする。

——彼は私のものよ。

敵意に満ちた目がそう言っている。

ショックだった。私は彼に相応しくない。それは常々感じていたこと。

今まで彼に近づくのを許された女性はいなかったから、内心安堵していた。

でも……彼女は蒼さんの隣に堂々といる。

望月さんは特別なの？

彼女に会った時から疑念はあった。

まるで戦友のようにふたりは親しげに会話をしていて、対等な関係に見えた。

どんなに頑張ったって、私は彼女のようにはなれない。

望月さんが蒼さんの頬に触れるのを見て、私のガラスの心臓にピシッとひびが入るのを感じた。

今蒼さんの妻として彼の隣に立ったら、さぞかしみんなの目に滑稽《こっけい》に映るだろうな。

私は来ちゃいけなかったんだ。彼女の方が蒼さんの妻に相応しい。

彼だって本当は望月さんと結婚したかったのでは？

もうこれ以上見ていられず、その場を逃げ出して人を避けながら会場を出ようとしたら、ドンと誰かにぶつかった。

「ご、ごめんなさい！」

とっさに謝ると、よく知った声がする。

「神崎さん？　どうしたんですか？　そんな青い顔をして」

顔を上げると、田辺くんが心配そうに私を見ていた。

「田辺……くん？」

どこか呆然としながら呟く私の腕を掴んで、彼が会場から連れ出す。

「今にも倒れそうな顔をしてますよ。一回出て休みましょう」

そのまま通路脇にある長椅子に私の肩を押して座らせた。

「なにか飲み物取ってきましょうか？」

田辺くんが気を利かせてくれるが、小さく首を左右に振る。

「……いい。大丈夫」

「なにかあったんですか？　表彰式では姿見ませんでしたけど」

私の隣に腰を下ろしながら尋ねる彼に、小声で返した。

「緊張で胃が痛くて休んでたの。でも……もうよくなって……」

「まだ顔色悪いですよ。副社長を呼んで来ましょうか？」

蒼さんを呼ばれては困る！

「ダメ！　……呼ばないで」

つい大きな声を出してしまい、ハッとして俯いた。

「副社長と喧嘩《けんか》でもしたんですか？」

優しい声音で尋ねる彼に、間髪入れずに否定する。

「違う」

ギュッと拳を握って黙り込む私の顔を、彼が覗き込んできた。

「だったらどうしたんですか？　言ってくれなきゃわかりませんよ」

「……彼が望月さんと一緒にいて……彼女が彼に親しげに触れてるのを見て……怖くて逃げてきちゃった」

　弱い自分。もっと私が彼に相応しい女性だったら、今頃、堂々と隣に立っていただろう。

　望月さんの名前を聞いて、「……ああ」と田辺くんが納得した様子で相槌を打つ。

「私……六歳の時から彼の婚約者だったの。でも、社長令嬢でもないし、望月さんのような美人でも、頭脳明晰でもない。だから、彼に釣り合わないっていつも思ってた」

　それはずっと誰にも言えなかった私の心の闇。

「それで？」

　先を促す彼に、心に苦い思いが広がるのを感じながら話を続ける。

「彼の隣に立てるよう、料理とか礼儀作法とか……勉強だって頑張ったけど、まだまだ納得できる自分じゃなくて……」

「僕が思うに神崎さんは自分に厳しすぎるんですよ。うちの部の研究員はみんな、神崎さんを美人で優しくて有能な秘書だって思ってます」

「それは……みんな点のつけ方が甘いんだよ」

研究員さんはみんな私に優しい。男性が多いせいかもしれないけど、私が困っているとすぐに助けてくれる。

「そんなことありません。神崎さんが素敵な女性だから、僕は好きになりました」

田辺くんの口から衝撃的な言葉が飛び出し、大きく目を見開いた。

「え？」

驚いてなにも言い返せずにいると、彼が真剣な眼差しで見つめてきた。

「信じられないって顔してますね。ずっと前から好きだったんです。だから、神崎さんから副社長と結婚してるって報告を聞いた時は、すげーショックでしたよ」

「……ごめんなさい」

どう返答していいかわからず、とりあえず謝った。

「ショックで気が動転してたのもあったんですけど、僕、副社長に神崎さんが好きだって言ったんですよ。そしたら、副社長、なんて返したと思います？」

そ、そんなこと言ったの？　田辺くんが蒼さんに？

全然想像ができない。もう驚きで頭が真っ白だ。

「わからない。彼、なんて？」

「『はい、そうですかって譲る気はない』って。笑顔でしたけど、目がすごく怖かったです」

ふたりがそんな話をしていたなんて全然知らなかった。

ボロボロになっていた心が、なにか温かいもので満たされていく。

そうだ。結婚してから蒼さんはいつだって私を見てくれたじゃない。

病気の時だって寄り添ってくれた。

そして、私を……愛してくれた——。

ずっと見てきた。彼は誠実な人。彼の愛は偽りのものではない。

「溺愛されてますね。もっと自信持ったらどうですか？」

「うん。……そうだね。田辺くん、私を好きになってくれてありがとう。でも、私は彼が好き。だから、会場に戻るよ」

私だって蒼さんは誰にも譲れない。

彼は私のすべてだから——。

明るく笑ってみせたら、田辺くんが温かい目で微笑み返した。

「それでこそ僕の憧れの神崎……ううん、有栖川さんですよ」

彼女が奥さんで俺は幸せ者　―　蒼side

「蒼の活躍を楽しみにしてるよ」

アメリカ支社の副社長が、ポンと俺の肩を叩いて去っていく。

チラリと腕時計を見ると、午後八時近かった。

もう社内表彰のパーティーが始まって一時間近く経つ。

悠馬に美雪の様子を見に行かせたが、戻ってきていないし、美雪からも特に連絡はない。

彼女が心配で会場を一旦離れようとしたら、望月に腕を掴まれた。

「どこへ行く気？　副社長がいなくなるのはマズいんじゃない？」

「少し抜けたって問題ない」

会長も、社長もいる。それに、美雪のために抜けるのであれば、逆にしっかりついていろと言われるだろう。パーティーが始まる前に美雪の体調が悪く部屋で休ませていると話した時も、とても心配された。

「ここに奥さんがいないのが気になる？」

特に理由は言わなかったが、彼女は俺の心を見透かしたように言って口角を上げる。

「具合が悪いんだ。心配するのは当然だろ？」

執拗に突っかかってくる彼女に、冷ややかに返した。

さっきも望月は俺の腕に触れてきて、すごく不快だった。人目もあって振り払うわけにもいかず、さりげなく距離を取ろうとしたら、さらに身体を密着させてきたのだ。

お陰でアメリカ支社の役員が彼女を俺の妻だと勘違いする。

日本に来てからの彼女の振る舞いに、怒りを感じずにはいられなかった。

「いつまでよき旦那さまを演じるつもり？　あんなどこにでもいるような子、放っておけばいいじゃない。肝心な時に体調を崩すなんて副社長夫人として失格よ」

美雪のことを悪く言われ、心中穏やかではない。

「副社長夫人として失格とか君に言われたくない。彼女のことなどなにも知らないだろう？」

負の感情を抑えながら反論すると、彼女が鼻で笑った。

「ひと目見ただけでわかるわよ。パッとしないし、あなたと並んでいてもおどおどしていて、全然お似合いじゃないわ」

「だったら、誰と結婚すればお似合いだと言いたい？」

スーッと目を細めて問えば、彼女は俺の腕に手を絡めてきた。

「私よ。私なら、あなたの仕事のサポートもできるわ。役員たちとだって対等に話ができる」

先ほど密着された時も感じたが、気持ち悪くてゾゾッと悪寒がする。

すぐに彼女の手を外して、冷笑した。

「すごい自信だな。でも、俺は妻にそんなアシスタント的な役割は求めない」

「なにを言ってるの？　彼女じゃダメよ。あなたは将来ＡＲＳの社長になるのよ」

まったく話が通じないな。こんなに自己中心的な考えをする人間だとは思わなかった。

ハーッと溜め息をつくと、彼女に少し強い口調で告げた。

「望月、はっきり言うが、君と結婚することは永遠にないよ」

「どうして？　アメリカでは同僚としてうまくやってきたじゃない」

俺の言葉が理解できないといった顔をしている彼女に、今度は静かな声で返した。

「仕事と家庭は違う。君を妻にしたいとは思わない。俺には最高の妻がいる」

「彼女が最高の妻ですって？」

顔のつくりはいいが、片眉を上げて俺を見据えるその顔はすごく醜く見えた。

「ああ。俺の妻は誰よりも心の綺麗な女性だ。人の悪口なんて絶対に言わない。彼女と結婚できてとても幸せだよ」

美雪が望月とは違うことを強調した。

悪口を言う人間は信用できないし、悪口を聞かされると気分が悪くなる。

だが、美雪は優しくて思いやりがあって、一緒にいて心が安らぐ。

彼女といることで、俺の心まで浄化されるような感じがするのだ。

人間としても、女性としても美雪を尊敬している。

祖父も、父も、彼女を気に入っているのは、やはり気立てがいいからだ。

有能だとか仕事ができるとか、そんなことはどうでもいい。

大事なのは夫婦として愛情を持って一生添い遂げられるだけの人間かどうか。

「あ、あなた……頭おかしいんじゃない？」

俺の言葉でプライドを傷つけられたのか、望月がわなわなと震えながら声をあげる。

「望月さん、この場では相応しい言葉ではありません。なにか飲んで少し休まれてはどうですか？」

突然、背後から美雪の声が聞こえて、思わず振り返った。

「美雪……？」

もう体調は大丈夫なのだろうか？　見たところ今は顔色もいいと安心していたら、望月がとんでもないことを言い出して呆れた。

「余計なお世話よ。あなたがいなければ、私が蒼と結婚できたのに」

さっきの俺の話をちゃんと聞いていたのだろうか？　人のことを悪く言う前にもっと自分を見つめ直せと言いたくなる。

彼女は愚かにも美雪が助け舟を出してくれたことに気づいていないのだ。

「いい加減に……」

望月にいい加減にしろと注意しようとしたら、美雪が俺の言葉を遮った。

「でも、主人はその可能性がないことをお伝えしたはずです。冷静になってください」

美雪が落ち着いた声で話しているのに、望月は逆上して声を荒らげた。

「私はいつだって冷静よ！」

望月の声が大きいせいか、周囲の社員の視線を集め、ついに会長と社長までもがやってきた。だが、望月は構わず、皆の前で美雪を蔑む。

「私は認めないわよ。あなたのようなどこにでもいる女が蒼の妻なんて！」

「望月さんに認められなくてもいいです。彼さえ私を認めてくれればそれで充分」

凛《りん》とした声で望月に告げると、美雪は俺に目を向け微笑んだ。

俺の奥さんがとても誇らしかった。

望月にあんなひどい言葉を浴びせられ、怯んでもおかしくない。

いや、今までの彼女なら萎縮した可能性だってある。

美雪のそばに行って彼女の腰に手を回し、望月に冷淡に言った。

「これ以上妻を侮辱するのはやめてくれないか。今後同様の発言をすれば、容赦《ようしゃ》しない。中西、彼女を連れていけ」

ちょうど視界に今まで消えていた悠馬の姿が映り、彼に命じる。

「さあ、望月」

悠馬は俺に向かって黙って頷くと、望月の腕を掴んで会場の外へ連れ出そうとする。

しかし、彼女は「ひとりで歩けるわ！」と言って、悠馬の手を振り払った。

周囲の視線を集めた彼女は、鬼のような形相でカツカツと靴音を響かせながら退場していく。

望月の姿が見えなくなると、俺は皆ににこやかに告げた。

「お騒がせしてしまってすみません。引き続きお楽しみください」

俺の発言を聞いて、会長が嬉しそうに目尻を下げた。

「いやあ、美雪ちゃんも副社長もお見事。私の出番がなかったな」

「副社長はモテますからね。それにしても副社長の奥さまも素晴らしかった」

ある役員が美雪のことをパチパチと拍手しながら褒めると、周囲にいた人も俺と美雪に拍手を送った。

その温かい拍手に胸がジーンとしてくる。

美雪と目を合わせ微笑み合うと、皆に彼女を紹介した。

「妻の美雪です。体調が悪かったので表彰式には出ませんでしたが、この場で皆さんに紹介できて嬉しく思います」

美雪の背中をトンと叩くと、彼女は少し緊張した面持ちで「よろしくお願いします」と頭を下げた。

また拍手が送られ、「ご結婚おめでとうございます」という声もあちこちから聞こえてくる。

改めて周囲を見渡すと、田辺くんも笑顔で俺たちに拍手していた。

目が合ってニコッとすると、彼も小さく微笑む。

みんなに祝福されてとても嬉しかった。美雪もどこか晴れやかな顔をしていて、今回のことで自信を持てたようだ。

この日のことを俺も美雪も忘れないだろう。

パーティー終了後は、美雪の体調を考えて自宅へは帰らず、そのまま控え室として利用していたスイートルームに泊まることにした。

美雪とスイートルームに戻ると、彼女が気の抜けた風船のようにヘナヘナと絨毯《じゅうたん》の上にくずおれる。

「き、緊張したあ」

すごく気を張っていたのだろう。

凛としている美雪もカッコよかったけど、俺的には今のこの姿の方が馴染んでいるせいか、見ていてほんわかする。

美雪を抱き上げると、彼女が「キャッ」と驚きの声をあげた。

「絨毯に座り込むわけにいかないだろ?」

彼女を近くのソファに運んで、俺も横に座る。

「お疲れ。引っ込み思案の美雪にしてはすごく頑張ったよ」

美雪の頭を撫でてやると、彼女が少し申し訳なさそうな顔をした。

「最初に蒼さんの姿を見た時は、望月さんが蒼さんに触ってて……つい逃げちゃいました」

美雪の告白を聞いても、がっかりはしなかった。まあ、あの場にいたら誤解されても仕方がない。他の役員だって望月が俺の妻だと勘違いしてたし。

「でも、戻ってきたじゃないか」

「田辺くんにバッタリ会って、蒼さんとのやり取りを聞いたんです。それで、私も逃げてちゃダメだって思って……」

へえ、彼がそんな話をするとはね。

「それで、望月にスマートに物申したわけか」

あの場で落ち着いた発言ができたのはすごいと思う。オンとオフの差はあるが、美雪は仕事においては有能。ちゃんと場をわきまえた発言ができる。

「蒼さん、田辺くんに私を譲れないって言ったんでしょう?」

顔を上げてまっすぐに俺を見つめてくる彼女に、優しく微笑みながら頷いた。

「ああ。言ったよ」

「その言葉が私に勇気をくれました」

目をキラキラさせる彼女が愛おしくて、「よく頑張った」と彼女を褒め、そっと口づけた。

お互いキスをしながらフフッと笑い合って、またキスをする。

それから、ギュッと彼女を抱きしめた。

「望月はアメリカ支社で同僚だっただけだ。それ以上の関係はない」

美雪が不安にならないように伝えたら、彼女は俺を見て微笑んだ。

「はい、わかってます」

美雪の笑顔を見て安堵すると、彼女の着ているスーツの襟に触れた。

「今さらだけど、その白のスーツすごくよく似合ってる」

「ありがとうございます。蒼さんが選んでくれたんですか？」

はにかみながら尋ねる彼女に、小さく頷く。

「ああ。外商を呼んで選んだんだが、楽しかったよ」

「外商って……さすが有栖川家ですね」

目を大きく見開いて驚く彼女を見て、やんわりと注意した。

「美雪も有栖川家の人間だってこと忘れないように。このままベッドに連れていって身体に教え込みたいところだけど、疲れているだろうから、今日は勘弁してあげるよ」

「……ご配慮感謝します」

ぎこちなく笑う美雪がおもしろくて、彼女をからかった。

「なんだか残念がってないか？　ご要望とあらば、今すぐにでも愛し合って……」

顔を近づけてネクタイを緩めたら、彼女があたふたしながら俺を止める。

「きょ、今日は休ませてください」

「わかった。今日は我慢する。その代わり、明日はとことん俺に付き合ってもらうよ」

悪魔のように微笑んでみせれば、美雪は顔を引きつらせた。

「お、お手柔らかにお願いします」

旦那さまからの素敵なクリスマスプレゼント

「混んでるな。座れなくて大丈夫か？」

蒼さんが私を見下ろしながら気遣わしげに尋ねるので、ニコッと微笑んだ。

「大丈夫ですよ」

社内表彰の次の日の朝、私と蒼さんは電車に乗っていた。

クリスマスイブということで人が多くて座れず、電車の扉の前に彼と立っている。

蒼さんなら車を使うところだが、あえて電車にしたのは私の願いを叶えるためだろう。昨日、私の妄想をしっかり聞かれたもの。

次の駅に電車が止まると、また人が乗ってきてギュウギュウ押された。

「キャッ！」

押し潰されそうになって思わず声をあげる私を、すかさず彼が抱き寄せて盾になる。

「平気か？　すごく混んできたな」

すぐ頭上から蒼さんの声が降ってきてドキッ。しかも、身体が密着している。

電車で彼と雑談して笑い合うシーンをずっと思い描いていたので、これは想定してなかった。

「わ、私は大丈夫です。蒼さんが守ってくれるから。蒼さんは平気ですか？」

ドキドキしながら尋ねる私を、彼が甘い目で見つめてくる。

「ああ。俺は美雪と違って身体が大きいから。混むのは嫌だけど、これは役得かな。みんなの前で堂々と美雪を抱き寄せられる」

低音のセクシーな声で囁かれるように言われ、腰が砕けそう。

しかも、ダークグレーのコートを着ている彼がとてもカッコよくて、直視できない。

周囲にいる女性たちも「彼、カッコいい」などと話しながら、蒼さんの方をチラチラ見ている。

これは学生時代よく目にした光景。

こんな超絶美形なのだから、立っているだけで彼は目立つ。

「蒼さん、今日は私に付き合って大丈夫だったんですか？」

副社長に就任して一カ月も経っていないし、なにか仕事の予定があったんじゃないかと心配になって聞くと、甘い笑顔で返された。

「今日は仕事関係の予定はなにもないし、美雪に付き合ってるわけじゃない。昨日言っただろ？　とことん俺に付き合ってもらうよって」

確かに彼は言った。だから朝から蒼さんに抱かれるのかと思ってドギマギしていたのだけれど、『出かけるから準備して』と彼に起こされ、拍子抜けした。

それで今電車に乗っているのだが、どこに行くのかは聞かされていない。聞いても『内緒』と微笑むだけだ。

十分ほどで電車を降りたら、蒼さんが手を握ってきてハッとした。

私が繋いだ手を見ていることに気づいたのか、彼が「これだけ混んでるとはぐれるから」と説明して、そのまま街中を歩く。

イブだからカップルが多い。私と蒼さんもカップルに見えているだろうか？

そんなことを考えていたら、彼が繋いだ手を自分のコートのポケットに入れた。

「あまり街を歩くことがなかったから、手袋忘れてきた」

笑顔で言う彼に、「いつも車で移動してますもんね」と相槌を打つ。

私はコートのポケットに手袋を突っ込んであったのだけど、彼に言えなかった。

手袋なんてなくていい。ずっとこのままで……。

「なんだかすごく嬉しそうだな。顔がにやけてる」

私を見てからかってくる彼に、興奮気味に返した。

「だって好きな人と一緒に歩いてるんですよ……あっ！」

本人を前にしてなにを言ってるのだろう。

自分の失言に気づいて絶句していたら、彼がクスッと笑った。

「美雪ってたまに本音がポロッと出るな」

「だって……初めてのデートだからついはしゃいでしまって」

恥ずかしくて俯きながらそんな言い訳をしたら、彼が突然足を止めて謝ってきた。

「長い間待たせてごめん」

「そ、そんな、蒼さんは全然悪くないですよ。私が勝手に蒼さんを思ってただけです」

顔を上げて否定したら、彼が身を屈めて優しく微笑んでいて……。

「ずっと好きでいてくれてありがとう」

そのとろけるような優しい声と共に、唇になにかが触れた。

キス……された？

瞠目《どうもく》する私を見て、彼がセクシーに微笑む。

「俺も美雪と結婚してから、やってみたいって思ったんだ。街中でキス」

「……ここ日本」

アメリカ帰りで勘違いしてませんか？

片言の日本語のような声でつっこむが、彼は満足げな顔をしている。

「わかってる。だけど、誰かに見られないようにやるスリルがたまらないな」

こっちは心臓がバクバクしておかしくなりそうです。

「社員に見られたらどうするんですか？」

「別に俺は構わない。むしろ見せつけたいくらいだ」

その自信がある意味羨ましい。

再び彼が歩き出して、着いた先は映画館。

「映画を観よう。美雪は恋愛ものとバスケアニメ、アメリカのヒーロー映画だったらどれがいい？」

私の妄想を全部叶えるつもりですか？

……どうしよう。胸が熱くて、涙が出てくる。

「バスケアニメですかね」

これなら蒼さんも興味を持って観られるはず。

中学から大学まで、蒼さんはずっとバスケ部だった。このアニメはその頃とても流行っていて、彼が友人と話をするのを聞いて、私もこっそりコミックを読んでいたのだ。

「そう言うと思った。だって俺が観たい映画だから……ってなんで泣いてる？」

私の顔を見てビックリした声を出す彼に、鼻をズズッと啜《すす》りながら理由を話す。

「……昨日私が映画観たいって言ったら、連れてきてくれる……から」

「美雪は本当に涙腺緩いよね。感動ものの映画観たら号泣しそうだな」

温かい目で言いながらハンカチを出して私の涙を拭うと、彼は自動券売機でチケットを購入してきて、私の手を引いてシアタールームに移動する。

蒼さんが案内してくれた席は、中央のど真ん中だった。

「イブなのに、よくこんないい席取れましたね」

「有能な秘書がいるから」

蒼さんの発言を聞いて、ん?と首を傾げる。

「さっき買ったんじゃないんですか？」

「美雪が観たいのを予想して、昨日の夜、悠馬に頼んでおいたんだ」

その手配の速さにただただ驚く。忙しいのにいつそんな時間があったのだろう。

きっと私が寝てる間に頼んだに違いない。中西さんにもお礼言わなきゃ。

「美雪、飲み物、なにがいい？」

「コーラ……って、私、買ってきます。蒼さんはなにがいいですか？」

「俺が行くからいいよ。売店もきっと混むから、美雪は座って待ってて」

私の頭をクシュッとして彼は売店に行く。

仕事で疲れてるだろうに、ずいぶん気を遣わせちゃったな。

ふと周囲に目を向けると、あと十分ほどで上映されるのに、私たちの席があるブロックには他に誰も座っていない。ちょうどお昼の時間というのを考慮しても、このブロックだけ埋まっていないのはおかしい。なぜ?

ひょっとして……ブロックごと買い占めた?

蒼さんと中西さんのコンビならやりそう。本当に有栖川家ってやることがすごい。まあこの映画館まるごと貸し切りにする財力はもちろんあるけど、それだと雰囲気を味わえないもんね。いろいろ考慮されてるなあ。

ハハッと乾いた笑いを浮かべていたら、蒼さんが戻ってきた。

「はい、コーラ」

「ありがとうございます。ポップコーンも買ってきたんですね?」

カップに入っているポップコーンに目を向けると、彼がニコッと微笑んだ。

「映画といえばポップコーンだからね。でも、昼食前だから食べすぎないように」

「はい」

そんなやり取りをしていると、映画が始まった。

評判のいい映画だけあって、ストーリーもよく引き込まれる。

バスケ部のキャプテンをしている主人公が、ラストの決勝戦で足の痛みを押してプレイするシーンは、高校時代の蒼さんと重なってウルッとした。

蒼さんも足を負傷していたのに試合に出場し、スリーポイントシュートを何本も決めてチームを優勝に導いたのだ。

映画が終わると、近くのイタリアンで昼食。

お互い頼んだパスタをシェアしながら、映画の感想を言い合う。

「最後の長谷川《はせがわ》くんのスリーポイントシュートすごかったですね。だけど、インターハイの時の蒼さんのスリーポイントシュートもカッコよかったです」

特に試合終了のブザービート、感動した。

「足が痛くて死にそうだったけど……。美雪、覚えていたんだな」

私の話を聞いて、彼が嬉しそうに頬を緩める。

「忘れるわけありませんよ」

あまりに感動してトイレでこっそり泣いていたのは秘密にしておこう。

「美雪、いつも体育館の隅っこでタオルの準備してたから、試合は見てないかと思ってた。俺の観察が足りなかったな」

蒼さんの冗談に、苦笑いした。

「いえ、そこは観察せず、試合に集中するところですよ」

「確かに」と彼が相槌を打って、お互い笑う。

「今日は連れてきてくれてありがとうございます。もうこれで死んでも本望です」

最大限のお礼を言ったつもりだったけれど、彼にかなり引かれた。

「これで満足してもらっては困る。それに死んでも……なんて言わない」

「……ごめんなさい」

俯いて謝る私に、彼が旅行の話を振る。

「来年はいろんなところに旅行しよう。海外とかがいいか？」

「蒼さんのお母さまの実家はどうですか？　こたつに入りたいです」

こたつの話をされてずっと気になっていたのだ。

「欲がないね。それなら今度の正月休みに連れていけそうだな」

今度の正月ってもうすぐだ。

「近所の神社に蒼さんと初詣もいいな。甘酒とか飲んで、おみくじ引いて……」

ひとり想像して笑っていたら、彼が頬杖をついて私を見つめてきた。

「美雪の妄想スイッチ入ったね。でも、それもまったりできてよさそうだな」

「今から楽しみです」

ずっとお正月は家族と過ごしてきたから、彼とのお正月を想像するとワクワクしてくる。

「奥さんに喜んでもらえるよう、今から計画しておくよ」

彼が私の左手を掴んで、薬指の指輪に恭しくキスをする。

「そ、蒼さん、周りに人が……」

周囲を気にして焦る私に、彼がニコッとする。

「大丈夫。誰も見てない」

こういう場合の彼の『大丈夫』は当てにならない。多分、私と感覚が違うのだろう。蒼さんは誰もが認める美形で、いつも人の視線を集めてきた。だから、人に見られてもあまり気にならないんだと思う。いちいち気にしてたら神経が持たないもの。

イタリアンの店を出ると、今度はタクシーに乗った。

てっきりマンションに帰るのかと思っていたけれど、タクシーは目黒ではなく麻布《あざぶ》方面に向かっている。

「あの……どこに行くんですか?」

道の標識を見ながら蒼さんに問うと、彼はどこか謎めいた微笑を浮かべた。

「着いてからのお楽しみだ」

また秘密……。私へのサプライズなんだろうけど、どこに行こうとしているのだろう。私、昨日他になにか妄想を口にしただろうか？

　窓の外の風景を見ながら考えていたら、見覚えのある景色が見えてきた。長い並木道。この道を進んだ先には、私と蒼さんが通っていたカトリック系の高校がある。

「学校に行くんですか？」

　まさかと思って尋ねたら、彼は私の目を見て頷いた。

「そうだよ。高校卒業以来だから懐かしいな」

　懐かしいけど、なんで学校？　頭の中は？だらけ。

　しかも、今日は土曜日で学校も休みのはず。

　格式のあるレンガ建築の学校の前でタクシーが停まり、支払いを済ませて蒼さんと降りた。

　正門ではなく、東門に回ってインターホンを押して校内に入ると、彼は敷地内にあるチャペルに私を連れていく。

　このチャペルは私にとって思い出の場所。

　毎週月曜日にミサがあって、蒼さんとは二学年離れていたけれど、一年生の席と、生徒会長をしていた彼の席の位置が近かったのだ。斜め前に座っている彼を眺めるのが、私のささやかな楽しみのひとつだった。

それに、ここでの一番の思い出は、ミサの途中で具合が悪くなった私を蒼さんが介抱してくれたこと。彼と触れ合うことがなかったから、とても嬉しかった。

「ミサにでも参加するんですか?」

クリスマス、教会……とくればミサかな?と予想したのだけれど、彼は小さく首を左右に振る。

「違う。俺たちの結婚式をこれからここで挙げるんだ」

「ええ〜!」

すでに式を挙げてるのになんで?

素っ頓狂な声をあげて驚く私の唇に、蒼さんが指を当てて注意する。

「神聖な場所だから静かに」

彼の言葉に黙ってコクコク頷いてチャペルの扉を開けると、そこには意外な人物がいた。中西さんと保科夫妻だ。

長身で短髪のウルフヘア、精悍《せいかん》な顔つきをした黒いスーツ姿の男性は保科岳人《がくと》さんといって、大手不動産会社の御曹司で蒼さんの幼稚舎からの親友。

その隣にいる水色のツーピースを着た黒髪ボブで、どこかの歌劇団に属していそうなハンサムな美女は、保科さんの奥さんで私の大親友の麻美だ。

「『待ってたよ』」

声をかけられたけど、私は返事もできず呆然と突っ立っていた。

「お前、予定より遅いぞ」

中西さんが蒼さんを咎めると、蒼さんはあまり反省した様子もなく、「悪い。ちょっと楽しみすぎて」と謝る。

この状況に全然ついていけない。

私たちの二回目の結婚式で……、母校のチャペルで……、親友がいて……。

なんかもうサプライズが多くて、私の脳のキャパを超えている。

脳内パニックで言葉を発しない私の手を、親友の麻美が掴んだ。

「それじゃあ、有栖川さん、美雪の着替えがあるから」

「ああ、頼むよ」

蒼さんが麻美に頷いて、私の肩をポンと叩く。

「美雪、綺麗にしてもらっておいで」

返事をする間もなく麻美が私の手を引いて、礼拝堂の横にある四畳半ほどの小部屋に連れていく。右側にはドレッサー、奥には簡易のフィッティングルームがあり、左側にあるポールハンガーに純白のウエディングドレスが吊《つ》るされていた。

　多分、中西さんが手配したのだろう。

「あの……久しぶり。まだ状況がのみ込めてないんだけど」

　麻美とは連絡は取り合っていて、蒼さんと結婚したことはＬＩＮＥで伝えていた。本当は会って直接報告したかったのだが、バタバタしていて時間が取れなかったのだ。

戸惑いながら親友に目を向けると、彼女はハハッと笑って私の背中に手を当てた。

「大丈夫。私と岳人も聞かされたの数日前だから」

それ聞いても慰めにならないんだけど……。

「今日は心ちゃんは？」

一緒にいないのが気になって聞くと、彼女はドレッサーの前に私を連れていき、視線を逸らしながら答える。

「あー、心はじいじとばあばに見て……もらってる」

なんだか歯切れの悪い返答だったけど、「会えなくて残念」と相槌を打った。

「連れてくると騒ぐから。さあ、まずはヘアメイクからしようか」

「うん。ありがと」

椅子に座り、麻美に手伝ってもらいながらメイクをし、髪をアップにする。

その後、フィッティングルームでウエディングドレスに着替えて初めて気づいた。

「このドレス……前の結婚式で着たのと同じ」

私が気に入って選んだから、蒼さんはこのドレスにしたのだろう。

「着替えた？」

麻美が確認してきたので、さっとカーテンを開けた。

「背中のファスナー閉めてもらっていい？」

麻美にお願いすると、彼女は「了解」と返事をして慎重にファスナーを閉めていく。

仕上げに髪に花の飾りをつけて、彼女が満足そうに微笑んだ。

「すっごく綺麗よ」

「ありがとう。まだ頭混乱してる。どうしてまた式を挙げるんだろうって」

「有栖川さんがね、『最初の結婚式はじいさんの命令で形だけだったから、もう一度ちゃんと式を挙げたい』って」

彼女の話を聞いて、ちょっと納得した。

「そうだったんだ」

確かに強制されて結婚したから、お世辞にも幸せに満ちた式とは言えなかった。蒼さんとしても不本意だったのだろう。

「愛されてるわよね。有栖川さんとならきっと幸せになれる。夢が叶ってよかったね」

親友の言葉が胸を打つ。

「うん。結婚できたとしても、愛されることはないって思ってた」

分不相応だって何度思っただろう。でも、彼と思いが通じ合って、今とても幸せだ。

「私はね、最初は気持ちはなくても、そのうち有栖川さんは美雪を好きになるんじゃないかって確信してたわ」

そんな風に彼女が思う根拠がわからなくて、聞き返した。

「どうして？」

「好きって感情はなかっただろうけど、婚約者ってことで美雪のこと気にかけてたから。ほら、私、有栖川さんの幼馴染だったから、美雪がうちの学校に転校してきた時に、『彼女の友達になってあげて』って頼まれたの。もちろん、頼まれたからじゃなくて、私が美雪と仲良くなりたくて友達になったんだけどね」

彼女の暴露話を聞いて驚くと同時に、蒼さんの優しさに胸が熱くなった。

きっと彼なりに私が学校で孤立しないよう考えてくれたに違いない。

「全然知らなかった」

「私が言ったことは有栖川さんに秘密にしててよ。他にもいろいろあるのよ。運動会で貧血で倒れた美雪を有栖川さんが運んでくれたり……とかね。いつも美雪を見守ってくれてたのよ」

確かに貧血で倒れたことがあるけれど、ずっと先生の誰かが運んでくれたのかと思ってた。

「……教えてくれなきゃお礼も言えないよ」

ここにいない蒼さんに涙を浮かべながら文句を言ったら、麻美に注意された。

「ほらほら泣かないの。新郎が心配するでしょう？」

「……うん」

麻美に渡されたティッシュで目元を拭うと、心を落ち着かせようと深呼吸した。

「そうそう。『美雪に夜の営みで変なこと教えないで』って、岳人経由で有栖川さんからクレーム入ちゃった。夫婦生活も順調みたいね」

唐突にそんな話を彼女がしてきたものだから、ゴホッゴホッとむせた。

「そ、蒼さん、なにを言って……」

「文句は今夜ベッドの中で彼に言ったら？」

笑ってからかってくる彼女を上目遣いに睨む。

「もう、やめてよ。恥ずかしい〜」

「いい感じで頬が赤くなって素敵よ。さあ、そろそろ行きましょう。新郎が待ってるわ」

麻美にそう声をかけられ、黙って頷いて部屋を出た。

もう午後五時を過ぎていて日が落ちている。

礼拝堂の前には、前の結婚式と同じダークグレーのタキシードを身につけた蒼さんが立っていた。

「お待たせ。じゃあ、私は行くわね」

麻美は私を蒼さんに託すと、礼拝堂に入っていく。

「またヴァージンロードは俺と歩いてもらうから」

蒼さんが私を見つめながら、式の段取りを話す。

「今日はいくつサプライズがあるんですか？」

少し咎めるように問うと、彼はフッと微笑した。

「さあ、いくつあるんだろうな」

「……私だけビックリなんてズルいです」

私だって彼を喜ばせたい。

「俺もビックリしてる。美雪のウエディングドレス姿、綺麗だなって」

彼がとても嬉しそうに微笑んでいるが、疑いの眼差しを向けた。

「見るの二度目ですよ」

「前回も普通に綺麗だと思ったんだけど、今日はキラキラ輝いてる」

至極真面目な顔でそんなコメントをするので、笑いをこらえながら言い返した。

「星じゃないですよ」

「ああ。この手で捕まえられるから、宝石かな？」

今度は私の左手を握ってきて茶目っ気たっぷりに言う彼に、わざとツンケンした態度で言う。

「宝石は喋りません」

「だったら、俺の奥さん？」

「だったらは余計です。あなたの奥さんです」

とびきりの笑顔を見せる彼に、一部訂正しながら私もクスッと笑った。

「わかってるじゃないか。後にも先にも俺の奥さんは美雪だけだよ」

「はい。……どうして学校のチャペルでもう一度結婚式を挙げようって思ったんですか？」

普通はどこかの教会とかホテルのチャペルを選ぶのに、彼はあえて母校を選んだ。

「やっぱり神の前で本物の愛を誓いたかったし、学校で美雪との思い出を作りたくてね」

彼の気持ちが嬉しかった。

でも、私が知らないエピソードもたくさんあるようだ。

「蒼さん、さっき麻美が言ってました。運動会で私が倒れた時、蒼さんが保健室まで運んでくれたって……。他にもいっぱいあるんでしょう?」

蒼さんと向かい合って追及したら、彼がどこか楽しげに私との隠れエピソードを披露する。

「バスケ部の夏の山荘合宿で、疲れて体育館で寝てた美雪にバスタオルかけたり……とか?」

「あ……ああ～」

それは謎に思っていた出来事。体育館で部員たちのドリンクの準備をしていたら、連日の合宿の疲れもあってうとうとしてしまって、気づいたら私の肩にバスタオルがかけられていた。

「黒子みたいなことしないでくださいよ。わからなきゃお礼も言えないじゃないですか」

「俺と関わるの嫌がるかなって、あの時は思ってたんだ。でも、今は美雪が俺のこと好きだって知ってるから、ここで最高の思い出を作りたい。……そろそろ出番だよ」

礼拝堂の扉が開いて、祭壇までまっすぐに延びるヴァージンロードが見えた。

その両サイドにはいくつも蝋燭《ろうそく》が置かれ、幻想的な雰囲気。

祭壇の奥の十字架が蝋燭の灯りで照らされていて、とても厳粛な気持ちになる。

ドア付近にある高さ三メートルほどのクリスマスツリーには、手作りのオーナメントが飾られていてすごく素敵だった。

参列者の席には保科夫妻の他にも私と蒼さんの友達が十数名と、お世話になった担任の先生が来ていて思わず声が出た。

「う……そ」

こんなに人が集まっているなんて予想していなかった。

結婚式をするなら家族だけじゃなく、友人たちにも来てもらいたいって夢を思い描いていたけど、現実になるなんて……。

「本当だよ。さあ、行くよ」

蒼さんが優しく微笑んで、そんな彼の腕に手を添える。

一歩一歩ゆっくりと蒼さんとヴァージンロードを歩く。

前回は愛し合って結婚するわけじゃなかったから、失敗しちゃいけないとか、不安でいっぱいだった。

でも、今はとっても幸せ――。

彼と時折視線を合わせ、微笑み合いながら祭壇の前まで行く。

祭壇には神父さまがいて、その横にいる聖歌隊が聖歌を歌う。聖歌隊は在校生たちのようだ。なんだか楽しくて自然と笑みが溢れる。

聖歌の後は聖書の朗読があって、神父さまのお話を心が引き締まる思いで聞く。

それから誓いの言葉になり、緊張からか軽く息を吸うと、蒼さんが私を安心させるように手を握ってきた。

「……病める時も、健やかなる時も……この者を愛し、共に歩むことを誓いますか?」

神父さまの問いかけに、蒼さんが私を見つめながら笑顔で答える。

「はい、誓います」

次は私の番。

「……病める時も、健やかなる時も……共に歩むことを誓いますか?」

神父さまに聞かれ、私も蒼さんを見つめて笑みをこぼしながら返事をした。

「はい、誓います」

もうこの誓いは嘘ではない。

この結婚は永遠のもの――。

感動に浸っていたら、麻美の娘の心ちゃんが白いリングピローを持って私と蒼さんのそばにトコトコとやってきた。

ビックリして思わず麻美に目を向けると、彼女がパチッと私にウインクする。

ああ。心ちゃんの姿が見えなかったのは、このサプライズのためだったんだ。

「はい、どうじょ」と、蒼さんににっこり笑ってリングピローを差し出す心ちゃんがとても愛らしくてかわいい。

でも、結婚指輪はしているのに、指輪交換ってどうするんだろう？

そんな疑問を抱いていたら、蒼さんがリングピローの上にある指輪を取り、心ちゃんの頭を「ありがとう」と優しく撫でた。

心ちゃんがニンマリ笑顔で両親のところに戻ると、蒼さんが私の左手を掴んで結婚指輪のある薬指に指輪をはめていく。

プラチナの流線型のアームの中央に星のように煌《きら》めくメインダイヤ、その両サイドにはメレダイヤモンドがいくつも埋め込まれていて、とても優美な指輪だ。

「順番が逆になったけど、俺からの婚約指輪」

まさか婚約指輪を結婚式でプレゼントされるなんて思ってもみなかった。

「……私、なにもないんです」

考えてみたら、クリスマスプレゼントだって用意していなかった。今までクリスマスを蒼さんと過ごしたことがなかったし、表彰式のパーティーのことで頭がいっぱいだったせいもある。

申し訳なくて涙目でポツリと言う私に、彼が温かい目で告げた。

「美雪さえ俺のところに来てくれたら、なにもいらない」

ずっと彼に愛されることはないと思ってた。

でも、彼と結婚して初めて愛し合うようになって、二度目の結婚式でこの言葉。

なんて愛に満ちているんだろう。

「蒼さん……」

周囲に人がいることを忘れて彼と見つめ合っていたら、「では、誓いのキスを」と神父さまの声が聞こえた。

前回はふりだったけど、今回はどうするのかな？　事前に打ち合わせもなかったからわからない。

ドキドキしながら蒼さんに目を向けると、彼は私の頬に手を優しく添え、ゆっくりと口づける。

彼の温かい唇を直接感じて、胸がジーンとしてきた。

蒼さんと目が合うと、彼が甘い目で微笑んでいて……。

「愛してる」

私の耳元で囁いたものだから、涙が溢れた。

そんな私を見て、彼が少し困った顔をしながら指で涙を拭ってくる。

「本当にキスしても泣くんだな」

「……感極まってるから……です」

前の式の時と同じ返しをしたら、彼がおもしろそうに目を光らせ、冗談を言う。

「二回目の式だと余裕が出てくるんだ？　三回目もする？」

「もうこれで充分です」

夢に見ていた結婚式よりもずっと素敵だ。

フフッと笑って彼と退場すると、みんなが拍手で送り出してくれて、とても嬉しかった。

心ちゃんもかわいかったし、なんて心温まる式なんだろう。

礼拝堂を出ると、蒼さんが愛おしげに私を抱きしめる。

「俺からのクリスマスプレゼント、気に入ってくれた？」

「はい。もう今日一日で一生分もらいましたよ」

蒼さんの背中に手を回して答えたら、彼がとても幸せそうな顔をする。

「それはよかった」

こんなにいっぱいプレゼントをくれたのに、彼は私になにも要求しない。

だけど、私だって彼が喜ぶようなことをしてあげたいのだ。

「私も……今、クリスマスプレゼントあげたいです」

「今？」

怪訝な顔をする彼に、「少し屈んでください」とお願いした。

「わかった」となにも聞かずに屈む彼の首に手を絡め、その非の打ち所のない秀麗な顔に顔を近づけ、そっとキスをする。

——胸いっぱいの愛を込めて。

驚きで大きく開かれた蒼さんの目。

喜んでくれるだろうか？

キスを終わらせて蒼さんの反応を見たら、彼が少し頬を赤くして額に手を当てた。

「不意打ちでまだ心臓バクバクしてる。すごくドキッとした。これ、毎日欲しいな」

急にニヤリとしてお強請《ねだ》りする彼に、ブンブンと首を左右に振って断る。

「毎日は無理ですよ。恥ずかしい〜。今だってエベレストから飛び降りる覚悟で……」

「大丈夫。毎日やるうちに慣れるから」

私の言葉を遮って断言する彼を、上目遣いに睨んで文句を言った。

「無茶振りしないでください」

「エベレストから飛び降りたら死ぬけど、キスじゃ死なないよ」

真剣な顔で当然のことを口にする彼を見て、思わずクスクス笑ってしまった。

感動的な式が終わったばかりなのに、私たちはなんてくだらない言い合いをしているんだろう。

「なにを笑ってるのかな?」

不思議そうな顔をする彼に、笑いをこらえながら答える。

「だっておかしくって……」

「いつもそうやって笑っているといい。一生大事にするから」

愛おしげに私を見つめて約束をする彼を見て、ハッとした。

一生という彼の言葉が私の心に深く入り込んでくる。

「はい」

もう期限付きの結婚じゃない。私と彼の結婚は永遠のもの。
彼に愛される喜びを噛みしめながら、笑顔で返事をした。
私と蒼さんの結婚生活はこれからまだまだ続く。
彼と笑い合って、思い出をたくさん作っていきたい。
そう思った——。

番外編　奥さんのサプライズ　—　蒼side

「こんな上まで来ちゃった。すごく綺麗」

美雪がスキーのゴーグルを上にずらし、感動した様子で景色を眺める。

目の前に広がるのは、樹氷の絶景。

結婚式から数日後、俺たちは正月休みに福島に来ていた。

一昨日は、母の実家に一泊して祖父母に美雪を紹介。祖父母は俺たちの結婚をとても喜んでくれて、こづゆなどの郷土料理でもてなしてくれた。美雪がこたつを堪能したのは言うまでもない。

表彰式のパーティーで望月の騒ぎがあったが、その後彼女に厳重注意したところ、『こんな会社辞めてやるわ』と啖呵《たんか》を切り、退職届を置いて去っていった。問題行動を起こす社員を引き止める気はない。

『化けの皮が剥がれたな』と悠馬は笑っていたが、俺も正直言って彼女には失望した。

美雪にもその件を伝えると、『そうですか』と少し複雑な表情をしていたけど、結果的にはこれで不安要素がなくなってよかったんだと思う。望月がうちの会社にいたら、美雪に害をなす可能性もあったから。

昨日からは磐梯山《ばんだいさん》の麓《ふもと》にあるホテルに宿泊し、スキー三昧《ざんまい》。元日の今日は朝七時に起きてリフトに乗り、ホテルに隣接している山の頂上までやってきた。

目的は初詣。俺たちの背後には神社があって、多くのスキー客が参拝している。

「今日も晴れてよかったよ」

福島入りする前は天候が悪かったようなのだが、俺たちが来てからずっと晴れている。

「蒼さんがお出ましの時は晴れますよね。学校の行事とかも蒼さんがいれば安心ってみんな思ってましたよ」

美雪の発言を聞いて、ハハッと苦笑いした。

「お出ましって……皇族じゃないいんだから」

「でも、蒼さんって王子さま的存在だったから」

「そんなの初めて聞いたよ。なんか俺の知らないところでいろいろ言われてたみたいで怖いんだけど」

女子に騒がれていたのは知っていたが、王子さまって……。

「悪口とかじゃないですよ。みんな憧れてたんですよ、蒼さんに」

穏やかな笑顔でフォローする奥さんをジーッと見つめる。

「俺は美雪さえいればいいんだけど」

別にからかうつもりはなかったのだが、美雪の顔がボッと火がついたように赤くなった。

かわいい反応。腹の中を探らなくても、彼女が俺を思っているのは一目瞭然。だからかな。一緒にいてとてもリラックスできる。

スキー板を一旦外して神社の前に並んでいると、豚汁を振る舞われた。

「具だくさんですごくあったかいですね。こういうのちょっと憧れてたんです。なんだか幸せ」

美雪がとっても嬉しそうに微笑むから、こちらも自然と笑顔になる。

「豚汁で幸せになれるんだな。熱いから舌火傷しないように」

そんな注意をして、彼女と豚汁を食べる。

こんなちょっとしたことも奥さんとの思い出になっていくのだろう。

子供ができたら話して聞かせるのかもしれない。

ママと山のてっぺんに初詣に行って、熱々の豚汁食べたよって――。

参拝の順番が回ってくると、ポケットに入れておいたお金を賽銭箱に入れて、彼女とふたり並んで手を合わせた。

美雪がずっと笑っていられますように――。

妻が元気で幸せでいてくれれば俺としては満足。

目を開けると、美雪がジーッと俺を見ていて……。

「長かったですね。なにをそんなに熱心に祈ってたんですか?」

「美雪が今夜は酔っ払いませんようにって」

悪戯っぽく笑って言えば、彼女が慌てた。

「え? 福島で酔った覚えはありませんよ」

「冗談だよ。美雪はなにを祈った?」

「そ、それは秘密です」

俺が尋ねると、彼女はなぜか恥ずかしそうに視線を逸らした。

この様子からすると、俺のことを祈ったに違いない。

「さあて、じゃあスキーで山を下りよう。きっと景色も最高だよ」

深く追及せずポンと美雪の肩を叩けば、彼女は苦笑いした。

「滑るのに必死で景色を楽しむ余裕はないですよ」

「大丈夫。ゆっくり滑ればいいから」

ニコッと笑うと、再びスキー板を装着する。

昨日練習した成果もあって美雪は転倒せずに滑っていて、前を行く彼女を笑顔で褒めた。

「美雪、その調子」

空は快晴、空気も澄んでいて気持ちいい。

それになにより美雪と一緒に滑るのが楽しい。

山小屋まで滑ると、コーヒーを飲んでしばし休憩した。

「蒼さん、連れてきてくれてありがとう。多分、友達と来ていたら、スキー下手なままでこの景色は見られなかったと思います。昨日心の中で鬼なんて言っちゃってごめんなさい」

俺に手を合わせて謝りながらそんな告白をする彼女を見て、クスッと笑った。

「ふーん、鬼ね。まあ俺も厳しく教えたから。美雪なら頑張れるってわかってたし」

そう。音《ね》を上げる相手ならそもそも教えない。

「蒼さん……」

「小さい頃から美雪を見てきたんだから、それくらいわかる。今日は美雪と同じ景色が見られて楽しいよ」

「私もすごく楽しいです」

美雪が幸せそうに微笑むのを見て、こちらも嬉しくなる。

一緒に過ごして、思い出ができて……俺たちは年を重ねていく。

「次はダイビングやってみようか？　サンゴとか綺麗だよ」

美雪に提案すると、前向きな答えが返ってきた。

「昔からやってみたいって思ってて、でも自分の運動神経じゃ無理だって諦めてたんですけど、蒼さんがいるならできそう」

彼女を見つめて優しく微笑む。

「じゃあ、決まりだな。夏にどこに行くか考えておくよ」

正月を迎えたばかりなのに、もう夏が待ち遠しくなった。


それから月日が経過して、翌年の冬――。

「おかえりなさい」

午後八時過ぎ。玄関のドアを開けたら、すぐに美雪が笑顔で出迎えた。

「ただいま。ひょっとして玄関で待ってたのか？　朝、具合悪かったのに」

彼女の頬に手を当て、少し咎めるように言う。

朝食の前から吐き気を感じていたらしく、俺から見てもとても顔色が悪かったから、今日は会社を休ませた。無理して会社へ行って倒れられても困る。

その後、病院に行った彼女から【軽い胃腸炎でした。蒼さんにはうつらないので安心してください】とメッセージが入り、悪い病気じゃなくて少しホッとした。

それでも彼女の体調が心配で、今日は父や他の役員に飲みに誘われても断って帰ってきたのだ。

「スマホのGPSを見たら、蒼さんがもう自宅近くにいることになってたから」

「そんなに待ち遠しかったんだ？　どうして？」

理由を聞くと、彼女はちょっと慌てた様子で答えた。

「な、なんでもありません。ただ、もう帰ってくるんだって思って。それだけですよ」

「無理することはない。休んでればよかったのに」

最近、彼女もちょくちょくGPSで俺の居場所を確認するようになった。

俺は美雪がどこにいるか捜すために利用しているけど、彼女の場合は違う。俺の帰宅に合わせてご飯やお風呂の準備をするためだ。

「そんな病人じゃありませんよ」

ハハッと笑って俺に反論する彼女に、真顔でつっこんだ。

「いや、胃腸炎なら病人だ」

「あっ……その……あの……今はよくなったってことです」

あたふたしてそう返す彼女を、じっと見据える。

この狼狽え方、なにか隠してるな。でも、朝よりは顔色はいい。

「着替えてくる。夕飯は俺が作るよ」

深く追及せずにポンと美雪の頭を叩くと、彼女がニコッとした。

「今日は病院の帰りにお惣菜《そうざい》を買ってきたので大丈夫です」

「そう。だったら、ソファで休んでいるといい」

優しく言葉をかけて寝室へ行き、服を着替える。

明日は土曜だし、美雪にはゆっくり休んでいるように言おう。

リビングに行くと、彼女はキッチンのレンジで買ってきたお惣菜を温めていた。

休むように言ったのにな。

ハーッと軽く息を吐きながら、何気なくソファに目を向けたら、体長三十センチほどの白いクマのぬいぐるみが二体置いてあって、壁際にピンクのハートの風船が浮かんでいる。

それらを見て、思わず目をパチクリさせた。

一体何事だ？

風船には英語で文字が書かれていて、その文章を読んで固まる。

【You are gonna be Daddy!】

う……そ。本当に？

その英語の意味は、『あなたはパパになりますよ！』

しかも、ぬいぐるみは一体じゃなくて、二体。

まさか双子？

そういえば彼女が送ってきたメッセージに【蒼さんにはうつらないので安心してください】って書いてあったっけ。ほんの一瞬どういう意味か疑問に思ったのだが、妊娠したから俺にうつす心配はないということだったのか。

ただただ驚いて、しばらく言葉が出なかった。

彼女の妊娠だけだったら、もう少し冷静だっただろう。

夫婦生活はちゃんと送っていたから、いつ子供ができてもおかしくない。

だが、双子というのは想定してなかった。

はっきり言えば、美雪の身体が心配で、嬉しさより不安を感じている。

大丈夫だろうか？

双子の妊娠はかなり大変だと聞いたことがある。

それはそうだ。ふたりの赤ちゃんがお腹にいるのだから、母体にも相当影響があるだろう。

そんなことを考えていたら、いつの間にか俺の横にいた美雪に腕を掴まれた。

「ご感想は？」

彼女が極上の笑みを浮かべて聞いてくる。

「双子を妊娠したのか？」

心臓の鼓動が大きくなるのを感じながら美雪に目を向けて確認すると、彼女がゆっくりと微笑んだ。

「はい。よくよく考えてみたら、最近生理も来ていなくて、産婦人科医院で診てもらうと、『双子を妊娠してますね』って先生に言われたんです」

美雪にとっては、待望の赤ちゃんだろう。祖父に『私が生きているうちにひ孫を抱きたいな』と会うたびに言われ、かなりプレッシャーを感じていたようだったから。

それに跡継ぎを生むのは、有栖川家の嫁としての責務だと彼女は思っている。

俺は気にしないように言っているのだけれど、婚約者時代が長かったこともあって、その考えは彼女の身体に染みついていてなかなか変えられない。

だから今日病院で妊娠を知って、飛び上がるくらい嬉しいんだろうな。

もう目がキラキラしている。

「そうか。ビックリした」

再び二体のクマのぬいぐるみを見て答える。

本当に驚いているせいか、それしか言葉が出てこない。

しっかりしろ。俺が動揺していては、美雪が不安に思う。

「俺をこんなに驚かせるのは美雪くらいだよ。心臓がバクバクしている」

フッと笑ってそんな告白をすると、彼女が俺の胸に手を当ててきた。

「本当ですね。ドクドクいってる」

どこか楽しげに言う美雪を抱き寄せて、ギュッとした。

「感慨深いよ。そそっかしい美雪がママになるんだから」

クスッと笑ってからかえば、「今、七週目だそうです。私、いいママになるよう頑張りますね」とお腹に手を当てながら俺に意気込みを伝える。

幸せでたまらないというような顔。

俺も頑張らないとな。

「これからもっと美雪を大事にする」

彼女に伝えるというより、自分自身に言い聞かせた。

「もう充分大事にしてもらってますよ」

満足そうに言う彼女の言葉を否定した。

「いいや、大事にしてもらっているのは俺の方だよ。美雪だって仕事をしているのに、毎日ご飯を作ってくれるし、お風呂の後はいつもマッサージをしてくれるじゃないか」

頭痛で苦しまないよう美雪は俺を気遣ってくれるのだ。

それに、俺が深夜の帰宅になっても彼女は起きて待っている。

「蒼さんだって週末は料理するじゃないですか」

「俺も美雪に料理の腕を披露したいだけだよ」

そんな話をして、お互いフフッと笑い合う。

彼女の赤ちゃんなら絶対にかわいいだろうな。

美雪の顔を見ていたら、次第に心が落ち着いてきて嬉しさが込み上げてきた。

「これから寒くなるから、身体を冷やさないようにしないと」

早速そんな注意をすると、彼女が「そうですね」と笑顔で頷く。

俺が代わりに産んであげることはできないから、美雪の負担をできるだけ軽くしてあげよう。

――美雪と赤ちゃんは俺が全力で守る。

心にそう誓った。


それからまた時が流れ、四年後――。


「ただいま」

イギリス出張から戻って家の玄関に入ると、バタバタと足音がして子供たちが俺の足に抱きついてきた。

「「パパ〜、おかえりなしゃい」」

十二月の今、外は身体が震えそうなほど寒いのに、三歳になった兄の陽斗《はると》と妹の陽菜《はるな》はまだパンツしか穿いていない。

恐らく俺が帰ってきたのでバスルームから慌てて出てきたのだろう。

結婚して二年後に双子が誕生。一気に四人家族になり、毎日賑やかな日々を送っている。

仕事の方は順調で、ここ四年の新車販売台数は世界第二位で、トップも射程圏内だ。レース事業も好調でＡＲＳチームは去年と今年、総合優勝を果たした。その影響もあって、若者の新車の購入も増えている。

スーツケースから手を離すと、息子の陽斗と娘の陽菜を同時に抱き上げた。

「こら、バスルームから逃亡してきたな」

わざと顔をしかめて怒ると、美雪が慌てた様子で現れた。

「もうふたりとも、パジャマ着ないと風邪引くわよ」

彼女はバスタオル一枚しか身につけていないし、髪もまだ濡れていた。

「『ごめんなしゃい。だってパパかえってきたから』」と双子がしゅんとした様子で謝る。見事に声がハモっているのはさすが双子といったところか。

「さあ、早くパジャマ着よう。ちゃんとひとりで着たら、お土産あげるよ」

笑顔でそう声をかけると、「『は〜い』」と元気よく返事をしてふたりはバスルームに戻っていく。

その姿を見て、家に戻ってきたんだなって実感する。

「美雪は俺に抱きついてくれないのか？」

目の前にいる奥さんに笑みを浮かべながら問えば、彼女が恥ずかしそうに頬を赤くして俺を見た。

「おかえりなさい。あの……服を着てからでいいですか？」

今抱きつくと、身体に巻いているバスタオルが取れる可能性があるからだろう。

いちいち俺にお伺いを立てるところが彼女らしい。いつもなら彼女の願いを叶えてあげるけど、今回は……。

「悪いけど、その要望には応えられないな。俺が待てない」

手を伸ばしてこの手で美雪を抱きしめる。

イギリスではテレビ電話もしたけれど、やっぱり触れられないのはつらかった。

彼女の温もりにホッとする。

「次の出張は、家族全員で行こうかな。ベビーシッター連れて」

「お仕事の邪魔になりません？」

「その逆。家族と過ごしたくて、仕事がサクサク進むよ。陽斗と陽菜も少し海外に慣れさせたいし。美雪はどう思う？」

妻の意見も聞くと、彼女が少しはにかみながらも、嬉しそうに微笑んだ。

「私も賛成です。蒼さんが出張でいないと不安になっちゃって。早く帰ってこないかなって時間ばかり気にしてました」

「そう。じゃあ決まりだ。次からは一緒に行こう」

美雪に顔を近づけてキスをする。

ずっと彼女に飢えていてこの場で抱きたくなったが、グッとこらえた。

「今夜は寝かさないから覚悟して」

美雪の唇に触れながらニヤリとすると、「ちょっ……蒼さん」と顔を赤らめる彼女の手を引いてバスルームに向かう。

陽斗はもうパジャマに着替え終わっていて、陽菜が着替えるのを手伝っていた。

「陽斗、陽菜もできるから待ってあげよう」

優しく声をかけ、ポンと息子の頭に手を置く。

陽斗は手先が器用で、いつも陽菜を手伝ってしまう。

「ごめんなしゃい」

俯き加減に下を向いて謝る息子に、ニコッと微笑んだ。

「陽斗は優しいな。でも、陽菜も頑張り屋さんだから信じてあげよう」

陽斗と陽菜をじっと見守っていると、彼女がもたつきながらもパジャマのボタンを留めて嬉しそうに笑った。

「パパ、ママ、はると、はるなもできたあ〜」

「ふたりともすごいな」

俺が笑顔で褒めれば、美雪もしゃがんで双子の頭を撫でる。

「パパがいない間、陽斗に教えてもらって陽菜はいっぱい練習したものね。陽斗も陽と褒めた。

「はると、ありがと」

フフッと笑いながら陽菜が抱きつくと、陽斗が兄の顔で「はるな、がんばったね」

菜も偉いわ」

そんなふたりを見てほっこりしていると、美雪と目が合った。

俺と同じように微笑んでいて、幸福感で満たされる。

こういう幸せは、美雪がいなかったら感じることができなかっただろう。

大事な俺の家族。

かわいい双子を産んでくれた彼女に、改めてありがとうと言いたい。

夫になる喜びを、父になる喜びを彼女は俺に教えてくれた。

屈んでチュッと美雪にキスしたら、彼女が双子の目を気にして照れた。

「ちょっ……蒼さん？」

「俺なりの感謝の気持ち」

フッと笑みを浮かべれば、美雪が「え？　感謝？」と首を傾げる。

「はるともかんちゃ～」

「はるなもかんちゃ～」

陽斗と陽菜も俺を真似て、美雪の頬にキスをした。

微笑ましい光景。

家族との時間が俺にとって大事な宝物。

「ママ、モテモテだな」

三人を見てクスクス笑うと、陽菜が美雪に無邪気に尋ねる。

「ねえ、ママはかんちゃちゃないの？」

娘の質問に美雪はあたふたする。

「し、します」

陽菜に答えながら、美雪がチラリと俺を見やった。

かなり困ってる。普段、双子の前で彼女が俺にキスをすることはない。

さあ、奥さんはどうするのかな？

美雪を観察するように見ていたら、彼女が立ち上がって俺の腕を掴み、頬にチュッとした。

「ここにはしてくれないのか？」

俺が自分の唇を指差せば、彼女が上目遣いに俺を見て返す。

「それは……また後で」

「後でね。楽しみだな」

ゆっくりと告げると、美雪の顔が真っ赤になった。

ママになっても変わらずかわいい。

彼女を見つめていたら、子供たちが俺のジャケットを掴んだ。

「パーパ、はるなもちゅる～」

「はるとも～。パパ、しゃがんで」

双子にせがまれてしゃがむと、俺も美雪と同じようにキスされた。

出張の疲れも家族といると吹き飛んでしまう。

「やっぱり家はいいな」

双子をギュッとして、愛する妻に微笑んだ。


その後、双子たちを寝かしつけ、風呂に入って寝室のベッドに横になる。

目を閉じてフーッと息を吐くと、家事を終えた美雪がやってきた。

「あれ？　蒼さん、寝た？」

ひとり言だろうか？　それとも俺に聞いてるのか？

ちょっと疲れていて返事をせず黙っていたら、ベッドが少し沈んで、なにかが唇に触れた。

いや、なにかじゃない。

それは美雪の唇。目を閉じていてもわかる。

眠気が吹き飛んでパチッと目を開けると、目の前に彼女がいた。

「さっきの約束のつもりかな？　だが、寝てる時にやられてもね。もう一回やり直し」

ニヤリとして言えば、彼女は狼狽えた。

「え？　起きてましたよね？　寝てたら気づかないでしょう？」

「キスが終わってから気づいた。さあ、もう一度」

何食わぬ顔でそう返す俺に、彼女は恥ずかしそうにお願いする。

「目……閉じてください」

「閉じたらまたやり直しになるよ。まあ、俺としては役得だけど」

クスッと笑う俺を、彼女がじっとりと見た。

「……意地悪」

ボソッとそんな恨み言を言って、彼女は俺の唇にそっと口づける。

優しいキス——。

だが、それで終わらせたくない。

「足りない」

美雪の頭を掴んで、角度を変えて何度も唇を重ねる。

「……蒼さん」

吐息と共に俺を名を呼ぶ彼女の声を聞いて、スイッチが入った。

美雪を抱き寄せ、噛みつくように激しくキスをする。

俺たちの息遣いと、クチュッという水音が室内に響いた。

美雪の服の下に手を入れ、脇腹から背中へと手を這わせる。

そのままブラのホックを外そうとしてハッと我に返った。

……いけない。このままでは彼女を抱き潰してしまう。自制しろ。

手を止めて唇を離し、美雪の髪を梳《す》いた。

「ここまでにしておこう。今抱いたら優しくできそうにない」

「優しくしなくていいです。『今夜は寝かさないから覚悟して』って言ったじゃないですか。私も……あなたに触れたい」

俺の腕を掴んで彼女が懇願してくる。

「美雪……」

「出張だとわかっていても寂しかった。蒼さんに、会いたくて……会いたくて……」

自分の気持ちを隠さず伝えてくる彼女が愛おしかった。

「俺もずっと美雪に会いたかった。ただいま」

「おかえりなさい」

彼女のその声が心にまで浸透してくる。

たった一週間の出張でも、美雪に触れられないのはつらかった。

それは彼女がもう自分の一部になっているからだろう。

一日離れただけで、彼女が恋しくなる。

——俺にとって最愛の妻。

「愛してる」

美雪にそう告げると、唇を重ね、明け方まで彼女と愛し合った。

The end.

あとがき

こんにちは、滝井みらんです。今回は、本編では書けなかった美雪出産後のあるシーンをお届けしますね〜。

―廊下でバッタリ―　田辺哲也 side

田辺　あっ、おはようございます。
蒼　おはよう。先月学会で表彰されたそうだね。おめでとう。
田辺　ありがとうございます。高野部長から、奥さまが無事に双子を出産されたと聞きました。おめでとうございます。おふたりに似てかわいいでしょうね。
（あっ、なに言ってるんだろ。皮肉に聞こえたかな？）
蒼　ああ。とてもかわいいよ。親バカって言われるかもしれないけど。これ写真。
田辺　……男の子と女の子。本当にふたりとも天使みたいにかわいいですね。女の子の方は神崎さんに似てる。……あっ、すみません。
蒼　気にしなくていいよ。確かに娘は彼女に似てる。だから、たまにそそっかしくて、真面目でおっとりとした子に育つかもしれないな。

田辺　ああ。会ってないですけど、想像つきます。男の子の方は副社長に似てますね。
蒼　よく言われる。ホント、無事に生まれてきてくれてよかったよ。彼女の妊娠がわかってすぐに仕事を辞めさせた時は、少し恨まれたけどね。
田辺　双子だと切迫早産で管理入院って話も聞きますから、仕方ないですよ。命には代えられないですから。
蒼　そうだな。今度、是非部の研究員を連れてうちに遊びに来てくれ。きっと彼女も喜ぶと思う。じゃあ。
田辺　はい。是非。
（俺が彼女のことを好きだったのを知ってるはずなのに家に招待するなんて、懐が深いというか……。とにかく彼女が幸せそうでよかった）

え～、最後になりましたが、いつも的確なアドバイスをくれる編集担当さま、また、とっても美麗なイラストを描いてくださった幸村佳苗先生、厚く御礼申し上げます。
そして、いつも応援してくださる読者の皆さま、心より感謝しております。
皆様にとって今年もよい年となりますように！

滝井《たきい》みらん

滝井みらん先生への
ファンレターのあて先

〒104-0031
東京都中央区京橋1-3-1
八重洲口大栄ビル7F
スターツ出版株式会社　書籍編集部　気付

滝井みらん先生

本書へのご意見をお聞かせください

お買い上げいただき、ありがとうございます。
今後の編集の参考にさせていただきますので、
アンケートにお答えいただければ幸いです。

下記URLまたはQRコードから
アンケートページへお入りください。
https://www.berrys-cafe.jp/static/etc/bb

クールな御曹司の溺愛は初恋妻限定
～愛が溢れたのは君のせい～

2024年1月10日　初版第1刷発行

著　者　滝井みらん
　　　　©Milan Takii 2024
発行人　菊地修一
デザイン　hive & co.,ltd.
校　正　株式会社鷗来堂
発行所　スターツ出版株式会社
　　　　〒104-0031
　　　　東京都中央区京橋1-3-1　八重洲口大栄ビル7F
　　　　TEL　出版マーケティンググループ　03-6202-0386
　　　　（ご注文等に関するお問い合わせ）
　　　　URL　https://starts-pub.jp/
印刷所　大日本印刷株式会社

Printed in Japan

乱丁・落丁などの不良品はお取替えいたします。
上記出版マーケティンググループまでお問い合わせください。
定価はカバーに記載されています。

ISBN 978-4-8137-1524-5　C0193

ベリーズ文庫 2024年1月発売

『クールな御曹司の溺愛は初恋妻限定～愛が溢れたのは君のせい～』 滝井《たきい》みらん・著

平凡OLの美雪は幼い頃に大企業の御曹司・蒼の婚約者となる。ひと目惚れした彼に近づけるよう花嫁修業を頑張ってきたが、蒼から提示されたのは1年間の契約結婚で…。決して愛されないはずだったのに、徐々に独占欲を垣間見せる蒼。「君は俺もの」――クールな彼の溺愛は溢れ出したら止まらない…!?

ISBN 978-4-8137-1524-5／定価770円（本体700円＋税10%）

『スパダリ職業男子～航空自衛官・公安警察官編～【ベリーズ文庫溺愛アンソロジー】』 惣領莉沙《そうりょうりさ》、高田《たかだ》ちさき・著

人気作家がお届けする、極上の職業男子たちに愛し守られる溺甘アンソロジー！　第1弾は「惣領莉沙×エリート航空自衛官からの極甘求婚」、「高田ちさき×敏腕捜査官との秘密の恋愛」の2作品を収録。個性豊かな職業男子たちが繰り広げる、溺愛たっぷりの甘々ストーリーは必見！

ISBN 978-4-8137-1525-2／定価770円（本体700円＋税10%）

『熱情滾るCEOから一途に執愛されています～大嫌いな御曹司が極上旦那様になりました～』 砂川雨路《すながわあめみち》・著

華道家の娘である葵は父親の体裁のためしぶしぶお見合いにいくと、そこに現れたのは妹と結婚するはずの御曹司・成輔だった。昔から苦手意識のある彼と縁談に難色を示すが、とある理由で半年後の破談前提で交際することに。しかし「昔から君が好きだった」と独占欲を露わにした彼の溺愛猛攻が始まって…!?

ISBN 978-4-8137-1526-9／定価748円（本体680円＋税10%）

『怜悧な御曹司は秘めた激情で政略花嫁に愛を刻む』 冬野《とうの》まゆ・著

社長令嬢の詩織は父の会社を救うため、御曹司の貴也と政略結婚目的でお見合いをこじつける。事情を知った貴也は偽装婚約を了承。やがて詩織は貴也に恋心を抱くが彼は子ども扱いするばかり。しかしひょんなことから同棲開始して詩織はドキドキしっぱなし！　そんなある日、寝ぼけた貴也に突然キスされて…。

ISBN 978-4-8137-1527-6／定価748円（本体680円＋税10%）

『冷徹エリート御曹司の独占欲に火がついて最愛妻になりました』 ねじまきねずみ・著

OLの茉白が大手取引先との商談に行くと、現れたのはなんと御曹司である遙斗だった。初めは冷徹な態度を取られるも、懸命に仕事に励むうちに彼が甘い独占欲を露わにしてきて…!?　戸惑う茉白だったが、一度火のついた遙斗の愛は止まらない。「俺はあきらめる気はない」彼のまっすぐな想いに茉白は抗えず…！

ISBN 978-4-8137-1528-3／定価759円（本体690円＋税10%）

ベリーズ文庫 2024年1月発売

『無口な彼が残業する理由　新装版』坂井志緒《さかいしお》・著

仕事一筋な理沙が残業をするとき、そこにはいつも会社一のイケメン、丸山が。クールで少し近づきにくいけれど、何かと理沙を助けてくれる。そんなある日の残業終わり、家まで送ってくれた彼に突然甘く迫られて…！「早く、俺のものにしたい」――溢れ出した彼の独占欲に、理沙は身も心も溶かされてゆき…。

ISBN 978-4-8137-1529-0／定価499円（本体454円＋税10%）

『罪悪の聖女、侍女に転生したけど即バレ!?私を殺したはずの皇帝が溺愛してきます』友野紅子《とものこうこ》・著

聖女・アンジェリーナは、知らぬ間にその能力を戦争に利用されていた。敵国王族の生き残り・ディルハイドに殺されたはずが、前世の記憶を持ったまま伯爵家の侍女として生まれ変わる。妾の子だと虐げられる人生を送っていたら、皇帝となったディルハイドと再会。なぜか過保護に溺愛されることになり…!?

ISBN 978-4-8137-1530-6 定価759円（本体690円＋税10%）

ベリーズ文庫 2024年2月発売予定

Now Printing

『タイトル未定(ドクター×虐げられヒロイン)』 若菜《わかな》モモ・著

幼い頃に両親を亡くした芹那は、かつての執刀医で海外で活躍する脳外科医・蒼羽とアメリカで運命の再会。急速に惹かれあうふたりは一夜を共にし、蒼羽の帰国後に結婚しようと誓う。芹那の帰国直後、妊娠が発覚するが…。あることをきっかけに身を隠した芹那を探し出した蒼羽の溺愛は蕩けるほど甘くて…。

ISBN 978-4-8137-1539-9／予価748円（本体680円＋税10%）

Now Printing

『スパダリ職業男子～消防士・ドクター編～』 伊月《いづき》ジュイ、田沢《たざわ》みん・著

2ヶ月連続！　人気作家がお届けする、ハイスペ職業男子に愛し守られる溺甘アンソロジー！　第2弾は「伊月ジュイ×エリート消防士の極上愛」、「田沢みん×冷徹外科医との契約結婚」の2作品を収録。個性豊かな職業男子たちが繰り広げる、溺愛たっぷりの甘々ストーリーは必見！

ISBN 978-4-8137-1540-5／予価660円（本体600円＋税10%）

Now Printing

『両片想い夫婦』 きたみ まゆ・著

名家の令嬢である彩菜は、密かに片思いしていた大企業の御曹司・翔真と半年前に政略結婚した。しかし彼が抱いてくれるのは月に一度、子作りのためだけ。愛されない関係がつらくなり離婚を切り出すと…。「君以外、好きになるわけないだろ」――最高潮に昂ぶった彼の独占欲で、とろとろになるまで愛されて…!?

ISBN 978-4-8137-1541-2／予価660円（本体600円＋税10%）

Now Printing

『愛は信じないはずでしたが……孤独な令嬢はエリート警視正の深愛に囚われる』 一《いち》ノ《の》瀬《せ》千景《ちかげ》・著

大物政治家の隠し子・蛍はある組織に命を狙われていた。蛍の身の安全をより強固なものにするため、警視正の左京と偽装結婚することに！　孤独な過去から愛を信じないふたりだったが――「全部俺のものにしたい」愛のない関係のはずが左京の蕩けるほど甘い溺愛に蛍の冷えきった心もやがて溶かされて…。

ISBN 978-4-8137-1542-9／予価748円（本体680円＋税10%）

Now Printing

『契約婚!? 会って5分で極上CEOの抱き枕にされました』 橘樹《たちばな》杏《あんず》・著

リストラにあったひかりが仕事を求めて面接に行くと、そこには敏腕社長・壱弥の姿が。とある理由から契約結婚を提案してきた彼は冷徹で強引！　断るつもりが家族を養うことのできる条件を出され結婚を決意したひかり。愛なき夫婦のはずなのに、次第に独占欲露わにする彼に容赦なく溺愛を刻まれていき…!?

ISBN 978-4-8137-1543-6／予価748円（本体680円＋税10%）

タイトル、価格等は変更になることがございますのでご了承ください。

ベリーズ文庫 2024年2月発売予定

Now Printing

『ご懐妊!! 新装版』

砂川雨路《すながわあめみち》・著

OLの佐波は、冷徹なエリート上司・一色と酒の勢いで一夜を共にしてしまう。しかも後日、妊娠が判明！ 迷った末に彼に打ち明けると「結婚するぞ」とプロポーズをされて…!? 突然の同棲生活に戸惑いながらも、予想外に優しい彼の素顔に次第にときめきを覚える佐波。やがて彼の甘い溺愛に包まれていき…。

ISBN 978-4-8137-1544-3／予価499円（本体454円＋税10%）

Now Printing

『逆行令嬢ループ7回目。結婚前夜に毎回命を狙ってくる闇堕ち王子を、今世は手懐けることにしました』

瑞希《みずき》ちこ・著

伯爵令嬢のエルザは結婚前夜に王太子・ノアに殺されるループを繰り返すこと7回目。没落危機にある家を救うため今世こそ結婚したい！ そんな彼女が思いついたのは、ノアのお飾り妻になること。無事夫婦となって破滅回避したのに、待っていたのは溺愛猛攻の嵐！ 独占欲MAXなノアにはもう抗えない!?

ISBN 978-4-8137-1545-0／予価748円（本体680円＋税10%）

タイトル、価格等は変更になることがございますのでご了承ください。